천산야 에세이 · 하나 ·

마음을 말하다

맑은샘

사람은 누구나 똑같이 주어진 하루의 시간을 살아간다. 그 삶 속에 제각각 다 다른 인생을 살아가지만 정작 왜 각자의 삶이 다른가에 대한 정의(正意)는 그 누구도 현재까지 말하지 못하고 있다. 제각각 다 마음먹은 대로 살아가고 있지만, 이처럼 각자의 삶의 모습이 다 다르고 마음이 왜 다 다른가도 말하지 못하고 있다. 이 세상에는 무수한 말이 있고 인간은 그 많은 말의 홍수 속에 살고 있으면서 무엇이 이치에 맞는 말인가 아닌가를 분별하고 구분하여 옥석(玉石)을 가린다는 것은 자신의 어지간한 의식(意識) 없이는 매우 어렵다.

내 마음대로 하고 살다가 괴로움을 이야기하고, 신과 절대자를 찾고, 사차원의 세상을 동경하며 꿈을 꾼다.
본문 내용은 일반적으로 우리가 알고 있는 내용은 아니므로 다소 생소할 수 있는 내용이지만 각자에게 주어진 인생을 사는 인간의 입장에서 무엇이 옳고 그름의 말인가, 이치에 맞는 말인가를 한 번쯤 생각해볼 수 있는 내용으로 꾸며져 있다. 이 책은 여러분이 기존에 알고 있는 내용은 아니나 인간이라는 생명체로 태어나 왜 살아야 하고, 죽어야 하는가에 대한 전반적인 내용이므로 이 한 권의 책이 가지고 있는 가치는 무한하다 할 것이며 여러분의 의구심이 해소될 것으로 확신한다.

생명체라는 것이 무엇이고, 인간이라는 것이 무엇인가? 왜 제각각의 다른 환경에서 살아야 하고 인연이라는 이름으로 만나야 하는가? 또 사람의 마음이라는 것이 왜 다른가?

'나'라는 존재가 왜 지금과 같은 환경에서 무수한 사람과 관계를 맺어가며 사는가에 대한 답을 제시하며 왜 이런 마음으로 살아야 하는가의 본질을 해부하는 말이 이 한 권의 책 속에 다 있다. 본문 한 줄의 글이 인생을 살아야 하는 여러분의 마음에 깊은 울림으로 다가갈 것으로 확신하며 여러분의 잠재의식을 충분하게 일깨워줄 것이다. 그리고 각자의 마음에 뭔가의 깊은 스침과 울림이 있을 것이라고 확신한다.

2018년 6월

천산야

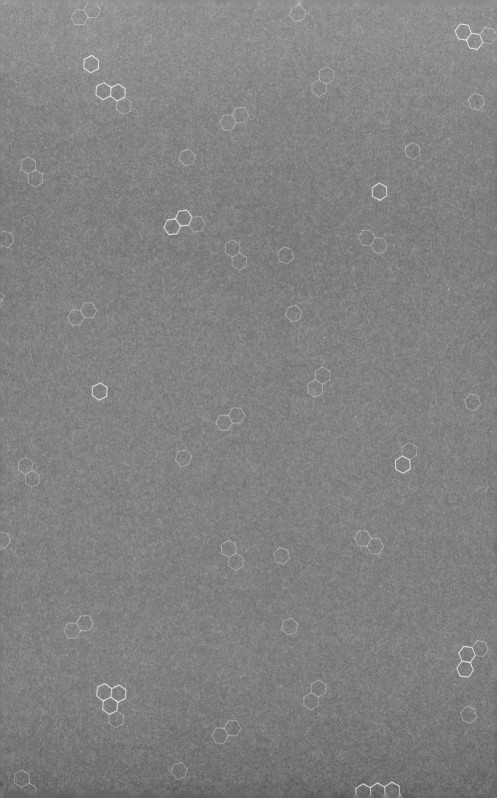

제 1 장

인생을
잘 사는 방법

자식 잘 키우는 법과 인생사는 법

대부분 사람은 "내가 더 훌륭한 부모가 되게 하소서. 자녀를 사랑하고 자녀의 말을 끈기 있게 들어주며 자녀들의 괴로운 문제를 사랑으로 이해할 줄 아는 부모가 되게 하소서"라고 기도를 한다. 하지만 이같이 한다고 해서 그 어디에 어떤 대상이나 존재가 있어 이 말을 들어 주는 것은 진리적으로 존재하지 않는다. 오로지 나의 의식으로 진리와 이치(理致)를 알고 나 스스로 그에 맞는 행동을 함으로 내 삶이 그것에 맞게 바뀌는 것이 전부다.

아무리 자식이라고 해도 이치에 맞지 않는 행동을 하면 그것을 바로 잡아줄 수 있는 나의 의식을 먼저 만들라. 이 의식이 바르지 않으면 무엇이 옳고 그름인지 분별하지 못하고 타력에 매달리게 되는데, 이것이 바로 무의식의 행동이라고 하는 것이다. 남이 하는 그 행동(行動)을 따라 하지 마라. 남이 하는 흉내를 따라 하지 마라. 남이 하는 말을 따라 하지 마라. 남이 하는 그 모습을 따라 하지 마라.

남이 하는 그 환경을 따라서 살지 마라. 그 사람과 내가 가진 업이 다르기 때문이다. 각자가 타고난 운명의 이치(理致)가 서로 다르므로 남이 하는 것을 따라 한다고 해서 똑같이 된다는 것은 절대 존재할 수 없다. 그 이유는 각자가 만들어 놓은 업의 이치가 다르기 때문이다.

마약과 사랑에 대하여

무엇을 보고 내 마음에서 끌리는 마음, 호감이 가는 마음을 느낀다면 이것은 또 다른 나의 업(業)이 시작되었음을 알리는 신호이다. 내 마음에 어떤 괴로움을 느끼면 이것은 나 자신의 업이 한창 진행되고 있다는 것을 의미하고, 이것은 내 마음에 또 다른 흔적, 괴로움의 상처로 남는다. 그러므로 '사랑, 행복'이라는 말은 나의 업(業)의 시작을 알리는 신호수에 불과할 뿐이며, 이 같은 말은 나의 본 모습과 나의 진실을 밝히는(감추는) 포장지에 불과한 말이다. 즉 진리적으로는 존재할 수 없는 단어이다.

그러나 보통 사람들은 이같이 사랑, 행복이라는 포장지에 나 자신의 본성을 숨기고 가식적 마음으로 살아가고 있음을 알지 못하므로 괴로움은 눈덩이처럼 불어나게 된다. 따라서 사랑, 행복이라는 말에 빠져 사는 사람은 진리이치를 알기 어렵다. 그 이유는 사랑이라는 것은 나라는 주관적인 의식을 빼앗아가고 나를 무의식에 빠지게 하는 악마와 같고, 나라는 아집의 상(相)을 포장하는 포장지이기 때문이다.

그러므로 나 자신의 의식이 흐려질수록 신기루와 같이 허무한 사랑과 행복을 찾아 나 자신을 포장하게 되고, 나라는 의식이 깨어날수록 이 사랑과 행복이라는 것이 얼마나 허무한 포장지인가를 알게 된다.

신에 대한 인간의 모순

사람들이 말한다. 그 무엇, 어떤 대상이 있으므로 인간에게 영향을 주고 인간은 그들의 지배를 받는다고 말하지만, 진리적으로 신과 절대자라는 것은 현실적, 진리적으로도 존재하지 않으며, 이것은 오직 인간의 사상적 논리, 각자의 관념 속에만 존재하는 것이므로 그 어떤 의식과 종교적 행위로 이 신이라는 것에는 다가갈 수 없다. 그것은 실재하지 않는 추상적인 존재이기 때문이다. 따라서 인간은 현실을 사는 존재이므로 사상적 논리로 설정되고 사차원적으로 존재하는 그 대상은 진리적으로는 아무런 의미가 없다.

따라서 이 신이 있다는 논리는 인간이 세상의 현실을 바로 보지 못하고 사차원적인 사상으로 신(神)이라는 제삼자(第三者)를 내세워 인간 자신의 모순을 정당화하는 것이다. 이것은 나의 의식을 흐리게 하여 무의식에 빠지게 한다. 그러므로 어리석은 사람들은 자신의 삶이 무엇인가에 대한 본질도 모르고 온 세상에 떠도는 무수한 말에 나 자신의 의식을 놓아버린다. 그리고 나 자신의 인생에 아무런 도움이 안 되는 그 꿈과 욕망에 매달려 모든 것을 바치고 일생을 살아간다.

결국, 인생을 사는 처지에서 진리이치를 알지 못하면 나 자신은 다시 먼 길을 방랑하게 될 것이고, 이것은 생명체가 자업자득·인과응보의 이치로 윤회하는 진리이치를 알지 못하기 때문이다. 하지만 모든 생명체는 이런 내 마음의 흔적에 따라 진행되는 윤회의 범주에서 결코 쉽게 벗어날 수 없는 것임을 알아야 한다.

인간의 본성과 타고난 근기

　하근기에 있는 사람은 감나무의 감이 익어 내 입에 자동으로 들어오기만을 기다린다. 중근기에 있는 사람은 감을 손에 쥐여주면 익은 감인지 덜 익은 감인지를 분별할 줄 안다. 상근기에 있는 사람은 어떤 것이 감이고, 그 감을 어떻게 먹을 것인가를 생각하고 스스로 따서 먹을 줄 안다. 이 모든 것은 내가 어떤 의식과 본성을 가지고 있는가에 따라 다 다르게 각자의 마음이 작용하여 행동으로 나타난다. 그러므로 지금 내가 가지고 있는 이 의식이라는 것은 나의 현재와 미래를 결정짓는 중요한 요소가 되는 것이니, 그 어떤 존재가 나를 존재하게 하고, 나의 의식을 만들어 준 것은 아니다. 이것을 자업자득, 인과응보라고 하는 것이다.

　따라서 지금의 내 환경과 내 마음을 떠나 전생이나 운명을 알려고 하지 마라. 이생에 내가 존재하는 이유는 전생에 내가 만든 자업자득(自業自得), 인과응보(因果應報)의 이치에 따른 내 마음의 흔적으로 현실에 그대로 나타나 있기 때문이다. 지금의 내 마음이라는 것은 '내 본성에 의해 스스로 만든 응어리진 마음'이므로 이 마음을 이치에 맞게 풀면 매듭, 괴로움(업)은 눈이 녹듯이 사라진다고 나는 말했다. 따라서 어떤 말이 이치에 맞는가를 분별하고 정립하는 것은 각자의 의식에 달려 있고, 이것이 바로 괴로움에서 벗어나는 최고의 방법이며 그 무엇이 나를 이같이 만든 것은 아니다.

참 부모와 두 가지의 양식

　사람이 이 세상을 살면서 먹는 양식에는 두 가지가 있다. 하나는 물질이치에서 몸이라는 것을 움직이게 하려고 밥을 먹는 것이고, 다른 하나는 진리이치에서 마음을 바로잡기 위해 이치에 맞는 글을 보는 것이 그것이다. 어리석은 사람은 내 몸이라는 물질을 유지하기 위해 밥을 우선 찾지만, 현명한 자는 밥을 먹음과 동시에 마음을 다스리기 위한 것이 무엇인가를 찾는다.

　어리석은 자는 끼니마다 음식을 챙겨주는 사람에게 고맙다고 생각하지만 현명한 자는 조석으로 마음에 양식을 챙겨주는 사람을 먼저 생각한다. 바로 이것은 '마음'이라는 것이 나를 존재하게 하는 근본임을 알기 때문이며, 이 두 가지의 개념을 이해하는 인간야말로 바르게 의식이 깨어 있는 자라 할 것이다. 따라서 어리석은 자는 몸을 위해 먹을 음식을 챙겨주는 사람만을 부모로 안다. 하지만 현명한 자는 마음에 양식을 주는 사람이 참 부모라고 생각하고 두 가지의 부모를 정립하고 그 도리를 다하면서 인생을 살아간다. 이것이 바로 깨어있는 자와 깨어있지 못한 자의 의식 차이이다.

깨달음을 얻는 방법

흔히들 말하는 깨달음이란 지혜를 얻음으로써 얻어지는 것이고 지혜는 의식이 있어야만 얻을 수 있다. 그러므로 '나'라고 하는 주관자적인 의식이 없어지면 무의식의 삶을 살게 되어 있으므로 이 상태로는 깨달음이라는 것은 절대로 얻을 수 없다. 따라서 인간의 의식을 깨워주려면 반드시 이치에 맞는 말이 필요하고 그런 말을 하는 사람이 이 세상에 인간의 몸으로 존재해야만 그 입을 통해 이치에 맞는 말을 인간이 알아들을 수 있게 전할 수 있다.

따라서 인간의 몸을 가지고 있는 이런 사람을 신, 절대자라고 해야 맞고, 이런 말을 하는 자가 진리이치를 깨달은 자, 부처라고 해야 이치에 맞는 말이 되는 것이다. 우리는 현실에서 찰나의 순간을 사는 존재이지 사상 속 사차원의 세상에 사는 사람이 아니므로 이 현실을 떠나서 하는 말은 아무런 의미가 없다. 그러므로 오직 이치에 맞는 말인가 아닌가를 구분하고 분별하여 취사선택을 할 수 있는 자가 의식이 깨어 있는 사람이고, 이런 과정에서 비로소 깨달음이라는 것을 얻을 수 있게 되는 것이다.

괴로움의 발생과 소멸

이 세상에는 두 가지의 말이 있다. 하나는 인간적인 말이고, 또 하나는 사상적인 말이 그것이다. 이 두 가지의 말을 섞어서 말하면 듣기에 좋은 감성적인 말로 들릴지 모르겠지만, 감성적으로 달콤한 말은 나의 의식을 흐리게 하고 내 마음을 멍들게 하며 결국 나를 무의식으로 빠지게 한다. 그러나 이치에 맞는 말은 당장은 쓰지만, 그것은 나의 마음을 편안하게 하므로 마음의 흔적이 지워지고 흔적이 지워지면 결국 괴로움의 업장은 소멸하게 되어 있다.

그러나 보통 사람들은 인간적인 말에 쉽게 현혹되고 그 말에 마음을 꺼둘리게 되어 있으므로 괴로움의 늪에서 벗어나지 못한다. 사람들은 지금의 각자 자리에 만족하는 사람도 있고 지금 그 자리가 불편하다고 생각하는 사람도 있다. 그러나 이것은 각자가 어떤 업을 지었는가에 따라 본성이 형성되고 이처럼 각각 다른 마음이 일어난다.

따라서 눈앞에 보이는 내 자리라는 것을 먼저 걱정하는 것보다 지금 내가 처한 환경에서 이치에 맞는 최선이 무엇인가를 우선 생각하고 그에 맞는 행동을 하면 내 자리라는 것은 그 마음에 맞게 얼마든지 변하게 되고 자신의 환경은 그것에 맞게 만들어지는 것이다.

・ #8 ・

어리석음과 지혜로움의 차이

연잎에 물이 고이면 그 잎이 견딜 수 있는 한계가 온다. 그리고 연잎은 그 물의 무게를 감당하지 못하면 스스로 기울어 잎에 담겨 있는 물을 버린다. 어리석게도 사람들은 이런 말을 하면서 세상 사는 이치를 여기에 비유하여 말한다. 하지만 내가 말하는 것은 연잎에 그 괴로움의 물이 담기기 전에 그 물이라는 것을 분별하여 이치에 맞지 않으면 애당초 연잎에 물을 담지 않는 것을 말하는 것이다. 그러므로 어리석은 사람이 직접 당해봐야만 아는 것이라면 내 말은 연잎에 물이 고이기 전에 미리 진리이치를 알고 분별해서 담으라는 것이다. 이같이 하면 연잎이 부러지는 것을 막을 수 있고 괴로움을 당하기 전 미리 예방할 수 있으므로 이것을 바로 지혜라고 하는 것이다.

그러므로 단순하게 연잎에만 비유하여 물질적으로 인생을 말하는 것은 진리를 알지 못하는 어리석은 말에 불과하다. 따라서 구원(救援)의 정의(正意)라고 하는 것은 진리이치를 아는 자가 이 같은 이치를 알게 해주어 스스로가 그 늪에서 벗어나는 방법을 일러주는 것이 구원의 정의다. 그 무엇, 어떠한 존재가 있어 나의 인생과 삶에 대하여 영향을 주어 내가 어떻게 되는 것이 아니라, 나 자신의 의식으로 옳고 그름을 분별하여 마음의 힘을 얻고, 그 힘으로 스스로가 이치에 맞는 행을 함으로 비로소 나 자신을 괴로움에서 구원할 수 있는 것이다. 그러므로 이것이 진정한 구원(救援)의 정의(正意)라고 해야 이치에 맞는 말이 되는 것이다.

인생 잘 사는 방법과 마음의 흔적

지식을 얻으려면 매일 하나씩 자신의 머릿속에 이치에 맞는 말을 더 채워 넣으라. 지혜를 얻으려면 내 마음속에 있는 이치에 맞지 않는 관념을 매일 하나씩 그 마음에서 지워 버려라. 이 두 가지를 균형 있게 채우고 버림으로써 중도(中道)의 삶을 살 수 있고, 이같이 함으로써 내 마음에 남아 있는 이치에 맞지 않는 업의 흔적이 없어져 오늘, 내일, 모레, 다음 생까지 나의 괴로움은 줄어들게 되는 것이며 궁극적으로는 윤회 속에 형성된 업, 업장의 괴로움에서 벗어 날 수 있고 인생을 지혜롭게 잘 사는 방법이 되는 것이다.

따라서 물질이치와 진리이치 어느 한쪽에 치우치지 않는 행을 하는 사람이 중도의 삶을 살 수 있으며, 점진적으로 나는 업장소멸을 하고 윤회의 괴로움 속에서 벗어나게 되는 것이다. 그러므로 오늘 나에게 일어난 모든 것은 오늘이 가기 전 반드시 그것을 마음으로 정립하라. 마음에 찌꺼기를 남기지 마라. 마음에 자취를 남기지 마라. 마음에 여운을 두지 마라. 마음에 미련을 두지 마라. 마음에 어떠한 흔적이라도 남으면 그것은 모두 업(業)으로 남아 괴로움이 된다. 그러므로 오늘 내 마음에 어떤 흔적을 남겼는가에

따라 내일모레, 나는 그것에 맞게 존재하게 되는 것이 진리이치,
자연의 섭리다.

불로장생의 비법과 마음

세상에서 제일 어리석은 사람은 자신의 몸만을 위해 몸에 좋다는 불로장생을 찾고 그 물질로 몸을 치장하고 살아간다. 하지만 물질적으로 영원한 불로장생을 할 수 있는 것은 이 세상 우주 천지에는 없다. 그러나 현명한 자는 이치에 맞는 말로 보이지 않는 자신의 마음을 이치에 맞게 만들어가는 것이 진정한 불로장생임을 알고 살아간다.

그러므로 보이는 몸을 건강하게 유지하려고 노력하는 것도 중요하지만, 그것보다 내 마음을 이치에 맞게 만들어 가는 것이 진정한 불로장생이므로 먼저 나의 바탕이 되는 이 마음을 고치고 사는 삶, 이것이 진정한 중도의 삶이라고 해야 이치에 맞는 말이 된다.

따라서 물질이치와 진리이치 이 두 가지 중에 어느 한쪽으로 치우쳐 삶을 사는 것은 매우 어리석은 사람이다. 내 몸은 내 마음을 바탕으로 만들어진 것이다. 그러므로 마음치유의 정석은 진리이치를 알고 내 마음을 그것에 맞게 고쳐가는 것이 진정한 '마음치유'라고 해야 맞는 것이다. 따라서 이 세상에 존재하는 모든 인간은 업(業)이 있으므로 그 이치대로 태어나며 이 말은 모든 사람은 '마음의 병'이 있으므로 그 이치에 맞게 존재한다고 해야 맞는 말이 되는 것이고, 이것이 불로장생의 비법이라고 하는 것이다.

나를 알자 - 복과 재앙

우리 스스로가 각자의 입으로 말하는 것은 내 마음의 표현이고, 내 행동은 내 마음을 형상으로 그대로 나타내고 있다. 그러므로 사람의 말과 행동 속에는 그 사람의 근본이 다 들어있다. 그래서 살아 있는 생명체가 움직이는 것은 각자의 참나를 기반으로 한 자신의 본성을 그대로 드러내는 것이므로 스스로 말과 행동의 본질을 아는 것이 '나를 알자'의 정의다. 그러므로 각자의 본성은 자신의 언행 속에 본성이 다 들어 있으므로 나와 현실을 떠나 우주 저편에서 그 무엇을 찾으려 하지 마라. 그것은 전부 허상이고 허구이며, 나를 무의식에 빠지게 하는 악마일 뿐이다. 오늘을 사는 나 자신은 오로지 전생에서 자신이 한 행위의 결과로만 현실에 그대로 존재하는 것이다.

따라서 보통 사람들이 말하는 복(福)이라는 것은 존재하지 않으며 자업자득·인과응보의 이치만이 존재한다. 그러므로 이치에 맞는 마음으로 한 행동은 현재 또는 미래에 행복, 이익을 가져오는 원동력이 되고, 이것은 업의 유통기한에 따라 이생에 그대로 나타나게 된다. 이것을 속된 말로는 복(福)이라고 하는 것이나, 복이라는 것은 내가 지은 선업의 결과로 나타나는 것이므로 이 이치를 떠나 그 누가 주는 복이라는 것은 진리적으로 존재하지 않으며 자업자득·인과응보의 결과만이 존재한다. 그러므로 가장 큰 재앙이란 진리이치를 모르고 그 이치에 맞지 않는 언행을 하고 사는 것이다. 따라서 그것이 인과응보로 되돌아와 현실에서 몸과 마음으로 느끼고 사는 그 고통이 가장 큰 재앙이고 이것을 '마장', '마구니'라고 하는 것이다.

극단적인 삶과 의식

기쁨의 눈물은 절반만 흘리고 남겨둬라. 그 나머지는 슬퍼할 때 흘려야 할 눈물이기 때문이다. 슬퍼할 때도 절반만 슬퍼해라, 그 슬픔 뒤에는 기쁨의 눈물을 흘리게 될 수도 있기 때문이다. 이것이 가장 중도(中道) 있게 인생을 사는 모습이라 할 것이다. 그런데 우리는 어떤가? 내게 좋으면 세상 떠나갈 듯이 기고만장한 행동을 하고, 괴로우면 땅이 꺼지는 것처럼 야단법석을 떨고 사는 사람이 무수하게 있다. 바로 이것을 아비규환의 세상이라고 하는 것이다.

따라서 인간이 살면서 때로는 슬퍼해야 할 때도 있고, 즐거울 때도 있을 것이나, 그것은 업의 유통기한에 따라 나타나는 것이므로 그 이치를 알고 극단적인 치우침의 삶은 살지 말아야 한다. 이것이 바로 현실에서 괴로움을 줄여가는 방법이며, 중도(中道)의 삶이라고 하는 것이다. 의식 없는 사람은 몸을 먼저 챙기고, 지혜로운 사람은 마음을 먼저 챙긴다. 의식 없는 사람은 진리적으로 존재하지 않는 신, 절대자, 부처를 먼저 찾고, 감성적인 말에 꺼둘려 살아간다. 하지만 지혜로운 사람은 내 마음의 근본 자리를 먼저 찾는다.

따라서 어리석은 사람은 수레를 식이 살아 있는 자는 마음이라는 소를 먼저 때리고 살아가므로 어떠한 말이 논리 먼저 때리고, 지혜와 의적으로 맞는가는 오로지 나 자신의 의식에 달려 있을 뿐이다.

내 마음의 그릇과 아비규환

사람마다 타고난 마음 그릇은 제각각 다 다르다. 따라서 자신의 마음 그릇을 스스로 아는 것이 '나를 알자'라는 정의지만 우리는 나 자신의 그릇을 스스로 모른다. 그렇기 때문에 밥만을 담아야 하는 밥그릇에 모래를 담기도 하고, 솜을 담아야 하는 그릇에 돌덩이를 담아 나의 마음 그릇은 깨어지고 그 깨짐의 충격은 괴로움의 업으로 나에게 다가오는 것이다.

모든 사람은 자신이 세상에서 한 알의 밀알이 되고자 한다. 그러나 그 밀알들이 모이면 그 안에서도 서로가 나 잘났다고 아웅다웅하고 나라는 아집된 상의 머리를 내미는데 이것이 바로 아비규환의 세상이다. 바로 이 세상에 삼생(三生)의 이치가 다 있다.

이것은 마음을 가진 인간이 각자의 마음 그릇을 모르고 하는 무명의 행동이고 상(相)의 마음을 가진 인간의 본 모습이다. 이것은 다들 업(業)이 있어 존재하는 입장에서 서로가 '나 잘났다'는 아상(我相)의 극치라고 하는 것이다. 그래서 이 세상이 바로 아비규환의 세상이라고 하는 것이고 다들 도토리 키재기를 하고 있는 것이다. 인간의 어리석음과 무명이라고 하는 것은 타오르는 촛불의 타오르는 겉모습과 그 모양만으로 무수한 말들을 만들어 내는 것이고 그 모양에 무수한 사상적인 의미만을 부여하여 자기 자신을 합리화시켜가며 살아간다.

그러나 문제는 그 초에 왜 불, 괴로움이라는 것이 붙었는가의 근본을 알지 못하고 말하지 못한다는 것이다. 따라서 내가 왜 세상에 존재하는가의 본질을 알면 내 마음에 일어난 괴로움은 얼마든지 스스로가 끌 수 있고, 이 개념으로 세상에 일어나는 모든 문제는 얼마든지 해결할 수 있는 것이 진리이치다.

부모와 자식과 내 운명

자식이 부모의 몸을 빌려 태어나면 처음에는 몹시 반가운 몸짓으로 서로의 업을 표현한다. 부모들은 그 행동을 보고 천사의 행동이고 순수하다고 말한다. 하지만 그것은 과거 자신의 업이 인연이 되어 이생에서 만나는 것이므로 이것은 전생에 업동지(業同志)로서 이생에서의 재회하는 반가움의 표현일 뿐이다. 따라서 시간이 지나면서 각자가 지은 업의 유통기한에 따라 자식과 부모 사이에도 뭔가 다른 감정의 마음이 서서히 싹이 트게 된다.

이것은 마음이라는 진리의 기운이 변하여 나타나는 것이다. 이것을 변심이라고 하는 것이고, 각자의 업을 포장한 것이 서서히 그 포장지를 걷어내는 것과 같은 것이므로 애당초 천사, 순수라는 것은 존재하지 않는 것이다. 안방과 거실 사이에 방문을 없애면 그것은 둘이 아니라 하나가 된다. 보통 사람은 안방과 거실 사이에 문이 있으므로 안방과 거실을 마음대로 넘나들지 못하는 것이다. 따라서 마음공부라는 것은 이 상(相)이라는 벽의 마음을 찾아 없애는 것과 같으므로 이것은 내가 아닌 그 무엇, 어떤 대상, 그 누구를 통해서 이 문을 없앨 수는 없다.

그러므로 어리석은 사람은 거실로 통하는 문을 잠그고 보이지 않는 거실에 있는 것을 알려고 하는 것이 전부라 할 것이다. 이치에 맞는 마음공부라는 것은 내가 갇혀 있는 내 방의 문을 스스로 열고 나오는 것과 같다 할 것이고, 스스로의 의식으로 아집된 나의 상(相), 이 문을 부수고 나오는 것을 지혜, 혹은 깨달음이라고 하는 것이다. 그러므로 내 운명은 나 자신의 의식으로 결정하는 것이니 그 어떠한 대상도 내 운명을 만들어주지 않는 것이 진리이치다.

・ #15 ・

내 운명과 내 마음에 화현(化現)

사람들은 지금의 각자 자리에 만족하는 사람도 있고 지금 그 자리가 불편하다고 생각하는 사람도 있다. 그러나 이것은 각자가 어떤 본성을 가지고 있는가에 따라 이같이 제각각 다 다른 마음이 일어난다. 따라서 내 자리라고 하는 것을 먼저 걱정하는 것보다 지금 내가 처한 환경에서 최선의 행동이 무엇인가를 우선 생각하고 그에 맞는 행동을 하면 내 자리라는 것은 그 마음과 이치에 맞게 변하고 만들어지는 것이다. 이같이 근본이 되는 마음을 먼저 이치에 맞게 만들면 내 마음에 화현으로 나는 존재할 것이다. 따라서 지금 나라는 존재는 이같이 내 마음을 바탕으로 존재하고 있으므로 그 누구, 그 무엇을 원망하지 마라.

따라서 이 세상에 존재하는 삼라만상의 모든 생명체는 '진리이치'를 벗어난 그 모습대로 진리 기운이 형상화되어 나타난 것이고 이것을 자연이라고 하는 것이다. 이처럼 작용하는 진리의 기운을 인간은 '내 마음'이라고 인식하고 있을 뿐이다. 그러므로 나(我)라는 것은 내가 만들어 놓은 나만의 '참나'의 흔적을 바탕으로 그 마음이 몸으로 형상화되어 그 이치대로 나타난 것이므로 지금 각자의 모습과 환경은 자신이 만들어 놓은 마음에 화현(化現)이라고 해야 이치에 맞는 말이 된다. 그러므로 나를 고쳐가는 것은 나를 존재하게 한 내 마음을 고쳐가면 얼마든지 운명은 바뀌게 되어 있는 것이다.

#16

상위법과 하위법, 인간의 삶이란

인간이 사는 사회에서의 옳고 그름은 상식, 윤리, 도덕, 양심을 기준으로 삼아 비추어 봐야 한다. 이것을 물질이치라고 한다면, 진리적으로는 진리이치에 맞는 것에 그 기준을 두어야 한다. 이것이 사회의 모든 논리에 대하여 상위법인 진리이치라고 하는 것이다. 그러므로 마음공부를 하는 목적은 인간의 기본을 바탕으로 하여 진리이치를 알아가는 것이 마음공부의 핵심이고 나의 운명을 바꾸어가는 방법이다. 이같이 내 마음을 진리이치에 맞게 만들어가면 나의 마음이 변하고 마음이 변하면 나의 환경이 그 마음 기운에 따라 변하게 되고 궁극적으로는 다시 생명체로 태어나지 않는 해탈(解脫)이라는 것을 하게 된다. 따라서 이것은 사상적으로 정해진 말을 따라 수행해서 되는 것이 아니라, 내가 살아 있을 때 나의 의식으로 내 마음을 이치에 맞는 마음을 만들면 나는 그 마음에 맞게 진급하여 지금과 다르게 태어나던가, 아니면 강급을 하여 더 괴로운 삶을 살게 되어 있을 뿐이다.

그러므로 지금 각자의 삶은 전생에 자신이 지은 업에 따른 연기자(演技者)로서의 삶을 이생에서 사는 것이고, 이생에서 그 연기가 끝이 나면 또 다른 연기를 하기 위해 다음 생에 지금 마음의 흔적으로 다시 태어나는 것이 윤회라고 하는 것이다. 그러므로 윤회에서 벗어나려면 이 순간 내가 어떤 마음을 만들어가는가가 매우 중요하고, 이 결과에 따라 궁극적으로 해탈을 하게 되므로 지금의 나라는 존재는 각자의 마음 상태에 따라 그 모습, 환경을 가지고 있을 뿐이고 이 순간에 전생, 이생, 다음 생의 삼생의 모습을 다 가지고 있다 할 것이다.

이 개념으로 여러분도 자신이 이미 만들어 놓은 마음의 흔적으로 지금 제각각의 모습을 하고 있을 뿐이다. 따라서 지금 여러분의 환경은 전생에 각자가 지은 자업자득·인과응보의 이치에 따라 존재하고 있을 뿐이므로 그 누구를 탓한다고, 그 누구에게 매달린다고 해서 해결될 문제는 아니다. 보이지 않는 각자의 마음을 보는 방법은 지금 자신의 주변을 보면 자신의 마음이 어떤 것인가가 그대로 다 펼쳐져 있음을 알 수 있다. 그러나 스스로 이 마음을 보지 못하는 것은 아상(我相)이라는 나의 관념이라는 것이 내 마음을 가리고 있으므로 그렇다.

행운과 묘수, 인간의 마음과 탈

어리석은 사람은 인생을 사는데 묘수나 행운, 요행이라는 것을 찾지만, 행운이나 요행은 우주 천지 그 어디에도 존재하지 않는다. 그 이유는 모든 것은 자업자득·인과응보의 이치에 따른 작용으로만 이루어지고 존재하기 때문이다. 따라서 의식이 바르고 깨어 있는 현명한 자, 진리이치에 맞게 나 자신의 마음을 먼저 고쳐가는 사람만이 행운이라는 것을 얻을 수 있고 운명을 바꾸어 갈 수 있다 할 것이다.

따라서 인간의 모습이 비슷하여 다 같은 인간이라고 생각하지만, 마음이 제각각 다 다르므로 인간의 탈을 썼지만, 그 차이는 분명하게 존재한다. 무엇이 이치에 맞는 말인지 의식으로 판단하고 그것이 옳기 때문에 따라가는 사람이 있고, 이치에 맞는 말인지 알지만 따라가려는 의지까지는 내지 않는 사람도 있으며, 이치에 맞는 말인지 모르기에 따라가야 할 이유를 모르는 사람도 있고, 이치에 맞는 말인지 모르고 되려 반박을 하는 사람도 있다.

인간의 마음을 송아지에 비유하면 이 송아지를 누가 무엇으로 어떻게 길들이는가에 따라 송아지는 그것에 맞게 길들게 된다. 하지만 잘못 길든 송아지는 다른 사람이 움직이려 하면 움직이지 않는데, 이것은 이미 어릴 때부터 그와 같이 길들어 있어서 그렇다. 그러므로 이 송아지를 이치에 맞게 길들이는가 아닌가에 따라 그 송아지의 행동은 이치에 맞게 행동하는가 아닌가로 나타나게 되어 있고, 이것을 스스로 아는 것이 '나를 알자'의 개념이다. 따라서 여러분의 행동도 이 개념으로 보면 이치에 맞는 행동인가 아닌가를 스스로 볼 수 있어야 하는데, 이것을 스스로가 보지 못하는 것은 나라고 인식하는 아집된 아상(我相)이 굳어져서 그렇다. 따라서 의식이 깨어나지 못하면 결국 나 자신의 관념대로 살아가므로 업은 눈덩이처럼 굳어지고 부풀려져 괴로운 윤회의 늪에서 헤매게 되는 것이다.

자연의 섭리, 현명함과 지혜

모든 생명체가 태어나는 것은 자연의 기운인 무의식의 기운 작용 때문이다. 이 기운을 바탕으로 하여 의식이 있는 생명체로 자연스럽게 이치에 맞게 자업자득·인과응보에 따라 태어나는 것이 전부다. 그러므로 혼, 혼령, 혼백, 얼, 넋 등 그 무엇이 존재하여 나의 등을 떠밀어 내가 이 세상에 생명체로 태어나는 것도 아니므로 그 무엇이 있어 나를 존재하게 한 것은 결코 아님을 알라. 생명체가 존재하는 이유는 오직 자연의 섭리, 자연의 이치에 따른다고 해야 맞는 말이 되는 것이다.

인생을 살면서 다른 사람의 말을 인간적으로 들어줄 수는 있지만, 그것에 대한 결론을 지어주지 마라. 그것은 서로 업(業)이 있어 존재하는 처지에서 결론이나 이치에 맞는 말을 할 수 없기 때문이다. 생명체에 대한 결론은 오로지 진리이치를 아는 자만이 낼 수 있고, 일반적으로 내는 결론은 각자의 관념과 '나'라는 아상(我相)에 따른 결론이기 때문에 같은 결론의 말이라도 이치를 알고 말하는 것과 모르고 말하는 것은 하늘과 땅 차이라 할 것이다. 어리석은 자는 보이지 않는 상상 속에서 그 무엇을 찾으려 하고 현명한 자는 당장 눈앞에 보는 것부터 이치에 맞게 처리한다. 어리석은 자는 허망한 꿈을 꾸며 그 꿈속에 파묻혀 산다. 허망한 그 꿈에 목숨을 걸고 그 꿈이 이루어지기를 바란다. 하지만 현명한 자는 현실적으로 당면한 상황에서 이치에 맞게 최선을 다하고 그 결과에 순응하는 사람이다. 인간은 현실을 사는 존재이기 때문에 그렇다. 이처럼 그 무엇이 있다고 생각하고 현실을 망각하고 사는 사람이 세상에 넘쳐난다.

어리석은 자는 자아도취에 취해 자신의 관념 속 우물에 빠져 인생을 사는 사람이고, 현명한 자는 나(我)라는 주관을 빼고 모든 것을 객관적으로 보는 사람이다. 따라서 현명함으로는 지혜를 얻을 수 있지만, 어리석음은 나 자신을 무의식의 함정에 빠지게 한다.

부부의 금실, 금실과 권태기

어리석은 사람은 현실이 아닌 생각 속에 허상의 집을 짓고 그 꿈에 빠져 살지만 지혜로운 자는 현실에서 이치에 맞는 행동을 하고 그 결과에 맞게 순응하고 살아간다. 하지만 부부로 이생에서 만나는 것은 전생에 흔적을 만들고 그 매듭을 다 풀지 못해 이생에서 매듭을 풀기 위해서 다시 만나는 것이다. 따라서 부부의 금실이 좋지 않은 것은 전생에 업연의 이치가 끝이 나서 그런 것이고, 반대로 금실이 좋다는 것은 아직도 부부의 업이 한창 진행되고 있음을 의미한다. 어리석은 인간은 이 이치를 모르고 그것을 사랑, 행복이라는 말로 포장하고 살아가는 것이다.

이런 전생에 업연으로 부부가 이생에 육신의 인연을 맺고 한동안 그 육신의 짜릿함으로 살다가 그 열기가 식으면, 업연의 고리가 끊어짐에 따라 상대의 모순과 허물이 보이게 된다. 이것이 바로 상대와 업연이 다해서 나타나는 현상이고 이것을 권태기라고 하는 것이다. 따라서 권태기는 업(業)이 다 드러나면 나타나는 현상인데, "나는 권태기가 없다"라고 한다면 그것은 아직 그 상대와 풀어야 할 업이 남아 있으므로 나타나는 현상이다.

지금 권태기가 느껴진다고 하면 상대와의 업이 어느 정도 다 드러나고 있음을 의미하는 것이므로 이같이 진리적 기운 작용을 각자의 마음으로 인식하는 것이 권태기의 정의(正意)다. 이러한 마음 바뀜은 스스로 의식만 깨어 있으면 얼마든지 알 수 있고 이 권태기를 극복하는 최고의 방법은 진리이치에 순응하는 삶을 살면 되는 것이다. 권태기의 시기가 정해짐이 없는 이유는 각자가 지은 업이 다르고 그 업의 유통기한이 다르기 때문이다. 결국, 이런 업의 유통기한이 다하면 상대와 이별을 하게 되는 것이고, 모든 인간은 이생에 지워야 할 마음의 흔적을 다 표현하면 존재해야 할 이유가 없으므로 죽게 되는 것이 진리이치다.

존재 이유와 깨달음과 지혜

존재하는 모든 생명체는 업(業)이 있어 그 업의 이치에 따라 존재한다. 그러므로 "사람은 온전하고 완벽한 존재다."라는 말은 이치에 맞는 말이 아니다. 따라서 업(業)이 있는 만큼 각자의 마음에 흠결이 있는 존재라고 해야 이치에 맞는 말이 되고, 생명체 모두는 전생에 그 흔적대로 이생을 살아가고 있을 뿐이며 이것을 각자가 타고난 운명이라고 하는 것이고 자업자득·인과응보의 이치라고 하는 것이다. 그러므로 지금 각자의 환경과 모습을 보면 스스로가 자신의 전생과 미래를 알 수 있다.

그러므로 내 마음이라고 인식하는 인간은 업(業)이라는 것이 인간을 존재하게 하는 조건이 될 뿐 더 이상의 구차한 말은 쓸모없는 소음공해가 된다고 할 것이다. 따라서 천하를 호령했던 모든 사람도 결국 그 자신의 업의 조건에 맞는 삶을 살다 갔을 뿐이고 더이상의 의미는 없다. 인간의 어리석음은 나타나는 현상만 보고 그것을 통제하는 법을 만들고, 그 법으로 되지 않으면 그 법 위에 더 강한 법을 만든다. 하지만 이런 논리로 인간의 마음이라는 근본기운을 통제할 수는 없음을 알아야 한다. 법 위에는 마음이라는 기운이 있고, 이것을 고쳐가지 않으면 그 어떠한 법을 만들어도 인간의 본질을 고쳐가기 어렵다.

　그러므로 진리 속에 사는 인간이기에 진리이치의 작용이 뭔가를 정립해가는 것이 중요하고 이같이 하다 보면 스스로 '지혜'라는 것을 얻게 된다. 따라서 지혜만을 내가 마음먹고 얻어야지 해서 얻어지는 것이 아니라, 개념 정립을 하나씩 해가다 보면 무엇이 옳고 그름인가의 차이를 스스로 느끼게 된다. 이같이 하면 은연중에 내 마음의 변화가 생기게 되고 이 과정에 나 자신이 어떻게 해야 한다는 의식이 조금씩 깨어나게 되는 것이다. 이것이 바로 지혜를 얻는 법, 깨달음을 얻는 유일한 방법이다.

마음의 소리와 괴로움의 소멸

우리가 인식하는 이 마음이라는 것은 보이지 않는 빈 깡통이고 업의 괴로움은 그 깡통 속에 있는 돌멩이와 같은 것이다. 따라서 마음에 채워진 돌이 어떤 돌인가에 따라 깡통 소리는 제각각 다 다르게 소리가 나는 것이다. 이 개념으로 보면, 인생을 산다는 것은 각자가 만든 그 소리에 따라 살므로 인간의 마음과 모습, 환경이 제각각 다 다른 것이고, 이것을 운명이라고 하는 것이다. 따라서 운명을 바꾼다는 것은 내 마음을 이치에 맞게 바꾸면 그것에 맞게 나 자신의 마음이 바뀌게 되고, 마음이 바뀌면 나의 환경은 그것에 맞게 바뀌므로 운명을 바꿀 수 있다.

진리(眞理)라는 것은 시대의 흐름이나 인간의 생각에 따라서 절대로 변할 수 없다. 그런데 세상 사람들이 진리의 말이라고 하는 그 말을 보면 시대와 사람, 사상과 환경 개개인의 입장에 따라 진리의 말이라고 하는 그 말들이 무수하게 변하고 지금도 변하고 있다. 그러나 그것은 이치에 맞는 말, 진리의 말이 아니고, 각자의 관념과 사상에 따라 말하기 때문에 무수하게 변하는 것이다. 이처럼 변하는 말은 진리의 말, 이치에 맞는 말은 아니라고 해야 맞다. 그 이유는 진리라는 것은 자연으로 존재하며 영원히 변하지 않는 것이기 때문이다.

  따라서 마음의 때가 끼었으므로 "마음을 닦자"라고 하는 말은 내 마음의 이치에 맞지 않는 관념의 때라고 하는 것이고, 이것을 '아상(我相)'이라고 한다. 그러므로 마음을 닦는 것은 결국 내 마음에서 이치에 맞지 않는 마음을 없애는 것이다. 이 말을 이해하지 못하면 결국 여러분은 그 어떠한 것으로도 각자의 마음 거울이라는 것은 절대로 닦을 수 없고 괴로움을 없앨 수 없다.

22

잘 살고 잘 죽는 법과 귀신 천국의 세상

인간이 죽음 앞에 의연해질 수 있는 것은 자연의 순리(順理)를 따르는 것이고, 진리이치를 알고 사는 것이다. 따라서 이 순리를 거스르면 결국 괴로운 삶을 살게 되고 괴로운 죽음을 맞이하게 된다. 따라서 진리이치에 맞는 마음으로 마음을 만들고 그에 맞는 행(行)을 했을 때, 운명을 바꿀 수 있고, 보람된 삶을 살 수 있으며, 죽음 앞에 의연하고 초연해질 수 있으므로 잘 죽고 잘 태어날 수 있다.

진정한 멘토는 이치에 맞는 말로 나의 의식을 깨어나게 하는 자이며 인간의 감성을 자극하는 말을 하는 자는 진리적으로나 현실적으로 진정한 멘토(스승)라 할 수 없다. 그 이유는 이치에 맞는 말은 나의 의식을 깨어나게 하지만 감성을 자극하는 말, 이치에 맞지 않는 말은 나의 의식을 흐리게 하여 결국 괴로움과 고통으로 다시 되돌아오게 하기 때문이다.

생명체는 자연(自然)이라는 진리의 기운이 있는 이 지구에서의 현실을 사는 것이지, 이 지구를 떠나 우주 그 어디에 지구와 같은 곳에 존재하지 않는다. 그러므로 우리가 사는 이 현실 속에 삼생(三生)의 이치가 다 있으므로 이 세상에 신, 귀신, 지옥, 천당, 극락 등이 존재한다고 해야 진리이치에 맞다. 그러므로 진리적으로나 현실적으로 우리가 사는 이 현실의 세상을 도깨비 천국, 귀신 천국, 아비규환의 세상이라고 해야 진리이치에 맞는 말이 된다. 따라서 죽으면 그 무엇이 있는 어디로 간다는 말은 대단히 어리석은 말이 되는 것이다. 그 이유는 우리가 사는 이 세상에서 모든 것이 이루어지기 때문이다.

23

인간과 동물의 차이와 인간의 눈물

사람은 배가 고프면 그것이 어떤 음식인지도 모르고 마구 먹는다. 허겁지겁 음식을 찾아 그 입속에 넣고 나서 마침내 배가 불러 되돌아서는 순간 그 음식에 대해 고마움을 까맣게 잊어버린다. 그러나 강아지는 자신에게 먹이를 준 그 사람을 은인으로 알고 그를 주인으로 섬긴다. 이것이 상이라는 마음을 가진 인간과 상이라는 것이 없는 동물의 차이다. 그러므로 인간이라면 그 먹이가 어떤 먹이인가를 알고 분별하고 먹는 것이 근본적으로 중요하다 할 것이고, 이것은 의식이 얼마나 깨어 있는가에 따라 알 수 있는 것이다.

눈물과 마음, 이치를 알고 흘리는 눈물은 천사의 눈물이고, 이치를 모르고 흘리는 눈물은 악마의 눈물이며, 인간적인 감성에 빠져 흐르는 눈물은 무의식의 눈물이다. 따라서 어떤 눈물을 흘리더라도 그 눈물 속에는 분명하게 자신의 본성이 반드시 스며 있다. 따라서 이치를 알고 흘리는 눈물은 나의 의식을 깨어나게 하지만 이치를 모르고 흘리는 눈물은 나의 감정과 욕망을 채우지 못해 흘리는 가식의 눈물이다. 그러므로 인간은 누구나 눈물을 흘릴 수는 있지만, 그 눈물 속에 어떤 감정의 마음을 가지고 있는가에 따라 눈물의 의미가 다르다.

　따라서 막연히 눈물을 흘렸다고 해서 그것을 인간적인 동정심으로만 바라볼 문제는 아니다. 그렇다면 온종일 울고 있는 사람, 눈물이 많은 사람은 모두 천사가 되고, 평생을 울지 않는 사람은 악마가 되는 것이라는 의미가 되는데 이 말은 이치에 맞지 않는다. 단 한 번의 눈물을 흘리더라도 그 눈물에 대한 의미가 뭔지 근본적으로 정립된 후 흘려야만 그 눈물의 의미가 있다 할 것이다. 따라서 진리이치를 알고 흘리는 눈물은 내 마음에 흔적을 지우는 약수가 되지만, 이치를 모르고 감성적으로 흘리는 눈물은 내 마음에 때만 끼게 할 뿐이고 나를 무의식에 빠지게 하여 괴로움의 늪으로 빠지게 할 뿐이다. 따라서 어떤 의식으로 눈물을 흘리는가는 매우 중요하다 할 것이다.

24

사후세계와 저승사자

어제가 있으므로 오늘 내가 존재하며, 오늘의 나의 언행을 보면 내일을 알 수 있다. 따라서 삼생의 이치는 우리가 사는 이 현실 속에 존재한다. 그러므로 사후세계가 별도로 존재하는 것이 아니라, 이 현실 속에 삼생의 이치가 다 있다. 오늘 이 한순간의 찰나 속에 모든 삼생(三生)의 이치가 다 있으므로 현실을 떠나 사후세계, 천당, 극락, 신이라고 하는 것은 별도로 존재하지 않으며 미래라는 것도 이 순간 찰나 속에 다 있으므로 이것을 떠나 그 어떤 세상이 존재한다고 말하는 것은 진리이치에 맞지 않으며 진리를 깨닫지 못한 자의 말이다. 따라서 이 이치를 떠나 그 무엇을 말하는 것은 매우 어리석은 사람들이 하는 사상적인 말에 불과하다 할 것이다.

몸이 멀어지면 마음이라는 것도 당연히 멀어진다. 마음공부도 마찬가지로 멀리서 글만 보고 몸을 움직여 그에 맞는 행동을 하지 않는다는 것은 결국 그 마음이 이 법과 가깝다고 할 수 없으며 이 것은 마음이라는 기운이 멀리 있음을 의미하는 것이다. 따라서 어 떤 것이 옳고 그른가를 분별하고 그것에 맞게 몸을 움직임으로써 마음도 그것에 맞게 가까워지고 자신의 이치도 바뀌는 것이다. 이것은 아무리 가까운 연인 사이라도 몸을 가깝게 하지 않으면 마음이 멀어지는 것과 같은 개념이므로 몸이 멀어지면 마음이라는 기운은 그것에 맞게 멀어지는 것은 당연하다. 또 마음이 멀어진다는 것은 업의 이치가 바뀌는 현상이라고 해야 맞다.

 따라서 천당 극락이라는 것도 이 현실에 다 있으므로 신, 저승사자라는 것도 당연히 존재하지 않으며 그것은 각자의 업에 따라 형성된 자신의 관념 속에서만 존재하는 것이다. 그러므로 보편적으로 신, 저승사자가 있다고 말하는 것과 우주 어디에 그 무엇이 있다는 것을 말하는 것은 진리이치에 맞지 않는다.

축복과 자비, 구원의 정의

　인생에 있어 가장 큰 축복은 인간으로 태어났다는 그 자체가 아니다. 인간으로 태어나 이치에 맞는 말을 들을 수 있고 그 말로 나의 의식이 깨어날 수 있으므로 이것이 인간으로 태어나 가장 큰 축복이라 할 것이다. 또한, 이치에 맞는 말을 해주는 자가 진정한 자비를 베푼다고 해야 맞는 말이 되며, 이것이 진정한 자비이며 구원의 정의(正意)라고 해야 이치에 맞는 말이 되는 것이다.

　그러므로 인간이라고 하지만 의식이 다 다르므로 이치에 맞지 않는 행을 하는 자를 축복받은 자라고 할 수 없다. 이성(理性)의 기준은 옳고 그름을 분별할 수 있는 의식(意識)에 따라 제각각 다 다른 관념을 가지고 있다. 따라서 의식이 뚜렷해야만 무엇이 옳고 그름인가를 알게 되고, 모든 것에 치우침이 없게 된다. 그리고 비로소 올바른 인간적인 행, 인간다움의 행을 할 수 있으며, 이 결과로 나 자신의 운명을 얼마든지 바꿀 수 있다.

　인간이 인식하는 그 마음에는 반드시 응어리진 마음이 있고 그 응어리진 마음을 풀기 위해 인간으로 존재하는 것이고, 이생에서 그 응어리진 마음을 풀지 못하면 언제 다시 인간으로 태어날지 모르므로 흔적으로 남아 있는 그 마음을 풀기 어렵다. 그러므로 각자의 마음에 흔적을 지우지 못하면 괴로움의 늪에서 허덕이는 삶을 살게 되는 것이다.

그러므로 부부, 가족으로 만나는 것은 풀어야 할 마음에 흔적이 깊어 이불 속에서 그 흔적을 이어가고 있는 것이 전부이며, 업연의 한울타리인 가정이라는 것에서 지내는 것이다. 이처럼 부부란 업이 깊어서 밤과 낮으로 함께 몸을 비비면서 가장 가깝게 지내는 사이가 되어 있고, 이 마음을 푸는 시간, 그 업의 유통기한이 다하면 결국 헤어지게 되어 있다. 따라서 죽을 때까지 이생에 죽고 못 사는 그 누구와 인연의 시간을 보낸다면 다음 생까지 그 마음의 흔적은 이어져 가는 것이 진리이치다.

업, 업장의 소멸, 마장의 정의

　일반적으로 하는 참회는 나 자신이 인간적인 관념에서의 잘못을 말하는 것이므로 이런 참회는 진리적으로 아무런 의미가 없다. 따라서 진리이치를 마음으로 긍정하고 그 이치에 맞는 행을 하므로 다시는 이치에 벗어난 그 마음을 갖지 않게 된다. 그리하여 이치에 벗어난 그 행을 하지 않으므로 결국 내 마음에 흔적은 지워지고 이것이 진정한 참회가 되며 마음에 흔적이 지워지면 괴로움은 그것에 맞게 소멸하게 된다. 따라서 이 개념을 잘 정립해야 업(業), 업장(業障), 마장(魔障)이라는 것을 소멸하는 것이 무엇인지를 알게 된다.

　따라서 보통 사람들이 말하는 '마음치유'의 정석은 진리이치를 알고 내 마음을 그 이치에 맞게 고쳐가는 것이 진정한 '마음치유'다. 모든 인간은 업(業)이 있으므로 그 이치대로 태어나고 그 마음에 맞는 환경에서 살아간다고 해야 맞다. 이 말은 모든 사람은 '마음의 병'이 있으므로 존재한다고 해야 진리이치에 맞는 말이 되는 것이다.

그러므로 일반적으로 '총명하다'고 하는 말은 지혜가 있을 때, 지혜로운 행동을 했을 때 총명하다고 하는 것이지 계산이 빠르고 잔머리가 넘쳐나는 것을 총명하다고 하지 않는다. 그래서 잔머리, 나라는 것을 내세우고 계산적인 행동을 하는 것은 어리석은 사람이 되는 것이며, 마음공부라는 것은 의식을 깨워 총명함을 얻기 위함이라고 해야 맞는 말이 된다.

직설적으로 말하면 인간이라는 존재는 이 현실을 사는 것이지 이 현실을 떠나 존재하지 않는다. 더 직설적으로 이야기하면 죽으면 마음만 남고 마음이라는 기운이 살아 있는 사람의 마음을 차지하면, 결국 '귀신'이라는 것은 살아 있는 인간 속에 인간의 모습을 하는 것이므로 이 현실을 떠나 신, 귀신이라는 것은 그 어디에 어떤 모습을 하고 별개로 존재하는 것은 아니다. 이와 같이 죽어 있는 사람의 마음이 어떻게 이 현실에서 어떤 방법으로 표출되는가, 나타나서 그 마음을 작용하는가에 따라 조현병, 빙의 현상, 혹은 질병 등으로 나타나게 된다. 그러므로 마음에 흔적을 지우면 업, 업장, 마장이라고 하는 것은 자연스럽게 사라지는 것이 진리이치다.

마음의 병과 마음치유의 정석

인간은 각자가 지은 업의 유통기한이 작용하면 그것이 선업(善業)이든 악업(惡業)이든 내 마음에 변화, 혹은 주변 환경의 변화로 나타난다. 하지만 보통 사람은 그것을 인지하지 못하고 막연하게 인연, 사랑, 행복이라는 것으로 포장하여 '나 자신의 관념'에 합리화시켜 살아가고 있다. 하지만 그러한 변화는 진리적으로 업의 유통기한 작용에 따라서 나타나는 현상에 따른 것이 전부다. 따라서 이것을 진리적으로 '마음의 병이다'라고 해야 이치에 맞는 말이 된다. 그러므로 각자의 환경은 각자가 지은 전생의 업이 이생에 그대로 나타나고 있다.

따라서 마음치유란 이치에 맞는 말로 내가 가지고 있는 나 자신의 관념을 이치에 맞게 고쳐가는 것이 마음치유의 정석이다. 그러므로 업이 있어 태어나는 인간은 온전한 마음을 가진 사람이 없으며, 내 마음에 흠결이 있다는 것을 의미하므로 진리이치를 알고 내 마음을 그것에 맞게 고쳐가는 것이 진정한 마음치유라고 해야 한다.

마음을 이치에 맞게 고쳐가면 진리는 그것에 맞게 반응을 하므

로 마음의 병은 자연스럽게 치유가 되기 때문이다. 이같이 마음치
유가 되면 내 마음에 흔적과 괴로움은 사라지게 되므로 이것이 바
로 진정한 업, 업장 소멸의 정석이다.

문제는 뭔가? 마음공부란 마치 팽이치기와 같아서 절대로 혼자
서 할 수 없으므로 그 팽이를 돌리기 위해 처음에는 손으로 팽이
를 잡고 돌려야 하는 것과 같다. 그리고 팽이가 어느 정도 돌아가
면 그다음 이치에 맞는 말을 의지하면 '나'라는 팽이는 스스로 돌
아갈 수 있으므로 마음공부도 이와 다르지 않다. 이 개념을 정립
해보면 무슨 말인가 이해하게 될 것이다. 그러므로 기준이 되는 정
법(正法)이라는 것을 의지해야 하는 이유가 여기에 있다.

인생을 산다는 것과 자업자득·인과응보

인생을 사는 것은 마치 고장이 난 배나 비행기를 타고 허공에 있으면서 안전띠를 손으로 꼭 움켜쥐는 것과 같다. 이 말은 배나 비행기가 뒤집혀 떨어지면 아무리 그것에 딸린 벨트를 잡고 있어도 추락에서 피할 수 없기 때문이다. 그러므로 제일 나은 방법은 떨어지지 않는 온전한 배, 비행기를 골라 타는 것이 그나마 내 인생의 안전을 근본적으로 보장받을 수 있고, 이것은 오로지 각자의 의식 여하에 달려 있을 뿐이다. 의식이 뚜렷하지 못하면 어떠한 것이 안전한 것인가를 분별하지 못하기 때문이다.

따라서 어리석은 사람은 자신이 타고 있는 배, 비행기가 제일 안전하다는 아집된 관념을 갖고 사는 것이 현실이다. 그러므로 희망은 신이 주는 것도 아니고, 절망은 악마가 존재해서 주는 것도 아니며, 이치에 맞는 말이 삶에 희망을 주는 것이고, 이치에 맞지 않는 말은 절망이라는 악마에게 이르게 하는 것이다. 믿음과 행동, 어떤 것이든 믿음이 부족하면 자신의 행동도 그만큼 부자연스럽다. 문제는 어떤 것을 믿으며 어떻게 믿을 것인가의 그 본질을 알아야 하므로 이것을 분별하는 것은 오직 나의 의식에 달려 있을 뿐이며 그 믿음의 결과는 희망과 절망과 같이 반드시 극과 극으로 다르게 나타나게 되어 있으므로 지금 각자의 삶을 보라. 지금 내가 괴롭다면 그것은 반드시 나의 의식에 문제가 있어서 그렇다.

그러므로 진리이치를 모르고 살면 탐지치심이 내 마음에 관념으로 자리하게 되고 그것에 뭔가를 채우기 위한 걱정이 생긴다. 걱정이 심하면 그것은 몸과 마음의 병이 되며, 병이 나면 정신이 흐려져 결국 무의식의 행동을 일삼게 되고 나의 인생에 큰 괴로움을 불러일으키게 된다. 따라서 마음에 병이 들면 몸도 마음도 깊은 병에 걸리게 되는 것이다. 오늘을 사는 우리는 과거에 지은 마음의 병으로 그 이치에 맞게 제각각 살아가고 있는 것이 전부이므로 이것을 바로 자업자득·인과응보의 이치라고 하는 것이다.

29

인간의 의식과 절망과 희망의 차이

인간은 하루를 살아도 똑같이 주어진 시간을 산다. 그러나 어리석은 사람은 이치를 모르고 살아감으로 자기 자신을 탐진치심으로 스스로가 얽어 매기 때문에 지혜를 얻지 못하고 한세월을 아집된 관념으로 그렇게 살아간다. 그러나 의식이 있는 자는 옳고 그름을 분별하는 의식으로 지혜와 깨달음을 얻으며 이것으로 마음에 탐진치심을 없애므로 마음에 평온함으로 한세월을 살아간다. 그러므로 어리석은 자가 될 것인가 현명한 자가 될 것인가는 오직 각자의 의식에 달린 것이다.

세상을 움직이게 하는 근본은 무엇인가? 세상 사람들은 펜으로 지위와 명예를 얻으려 하고, 권력과 물질로 세상을 움직이게 하는 것이 전부인 것으로 알지만 이보다 더 상위법(上位法)은 진리이치를 알고 사는 것이다. 결국 인간이라는 생명체의 마음을 움직이게 하면 결국 모든 생명체를 이치에 맞게 움직이게 할 수 있으므로 마음을 알고 사는 것이 세상을 움직이는 근본이 된다.

따라서 진리이치를 알면 그 이치에 맞게 세상을 다스릴 수 있으므로 생명체를 다스리는 것은 물질로 다스리는 것보다 인간의 근본이 되는 마음을 먼저 움직이게 하는 것이 더 빠르다. 그 이유는 인간이라는 생명체는 마음이라는 기운을 근본 바탕으로 하여 몸을 움직이며 존재하기 때문이다.

그러므로 인간 세계에 거의 모든 비극은 진리이치를 모르기 때문에 삶에 절망적인 표현으로 나타나는 것이다. 인간들에게 있어서 절망은 결국 자업자득에 의한 인과응보이므로 나의 삶에 대해 누구를 원망할 필요가 없다. 진리이치를 모르고 살면 인간은 무의식의 삶을 살게 되고 결국 나의 육체를 대지에 눕게 하고 최종적으로 괴로운 죽음을 맞이하게 되는 것이다.

30

탐진치심과 괴로움을 없애는 방법

인간이 이 세상에 몸을 가지고 존재하는 이유는 각자가 지은 업이 있어서 그 업의 이치대로 존재하는 것이 전부다. 그러므로 각자가 어떤 업을 가지고 있는가는 현재의 마음과 환경을 보면 쉽게 알 수 있으며 현재 각자의 모습과 환경은 자업자득·인과응보의 이치에 따른 것이므로 그 누구를 원망할 것 하나도 없다. 따라서 운명은 존재하지만, 이 운명은 얼마든지 바꿀 수 있다. 이치에 맞는 말을 내 마음에 양식으로 삼아라. 이치에 맞는 말을 내 마음에 심지로 키우라. 이치에 맞는 행을 내 마음에 기름으로 삼으라. 그리고 이치에 맞는 그 결과에 따라 수행하고 행동하라. 이치에 맞는 행을 하면 그 결과로 탐냄, 성냄, 어리석음은 자연스럽게 없어지는 것이고 이 세 가지의 독소가 없어지면 궁극적으로 마음이 편안해지고 해탈이라는 것을 하게 되는 것이다.

그러므로 인생을 산다는 것은 결국 내 마음에 흔적을 지우기 위함이고, 오늘 내 마음의 흔적에 따라 내일모레, 다음 생의 나의 이치와 운명은 그것에 맞게 바뀌는 것이며, 궁극적으로 윤회에서 벗어나는 해탈이라는 것을 하게 되는 것이 진리이치다. 문제는 어떤 말을 각자의 마음에 의지처로 삼을 것인가는 매우 중요하다. 어리석은 사람은 이치에 맞지 않는 말이 무엇인지 분별하지 못해 자신의 관념에 맞다고 생각되는 그 말을 따르지만, 이치에 맞지 않는 말은 결국 나의 의식을 흐리게 하는 암으로 내 몸에 퍼져 나를 패가망신하게 한다는 것을 명심해야 한다. 그러므로 내 몸과 마음에 어떤 병이 들었는가를 아는 사람이 의식이 깨어 있는 사람이라 할 것이다. 결국, 이치에 맞는 행을 함으로써 나의 괴로움은 그것에 맞게 줄어들게 되는 것이 자연의 섭리다.

의지와 의식, 찰나와 세월

운명은 존재한다. 하지만 그 운명을 바꾼다는 것은 매우 어렵다. 따라서 마음공부란 무엇이 옳은 말인가 그른 말인가를 분별하고 이치에 맞는 그 말을 마음에 새기고 실천함으로써 마음이 이치에 맞게 바뀌고, 그에 따른 행동을 함으로써 운명은 바뀐다. 하지만 문제는 이것이 나 자신의 어지간한 의식과 의지 없이는 하기 어렵다는 것이다. 의지가 있어야만 의식을 바로 세울 수 있고, 의식을 바로 세움으로써 이치에 맞는 말이 뭔가를 알게 되기 때문에 비로소 내 마음이라는 소를 이치에 맞게 길들일 수 있게 된다.

반대로 아무리 의식이 있다고 해도 의지 없이는 나 자신의 마음을 이치에 맞게 길들이는 것이 어렵다. 그래서 의지와 의식이라는 것은 철길의 두 갈래와 같고 이 바탕 위에 '나'라고 하는 열차는 그것에 맞게 달릴 수 있다. 세월은 가는 것도, 오는 것도 아니며 찰나의 시간 속에 사는 우리는 각자가 지은 업이 순간순간의 찰나에 나타나게 되고 이 찰나의 연속성으로 가고 오고 변하는 것을 느끼는 것이 전부다. 따라서 찰나의 이치를 알면 생명체가 왜 존재하는가의 근본을 알 수 있고, 근본을 알면 인간의 운명을 알기는 매우 쉽다. 그리고 그 운명을 바꿀 수 있는 능력을 갖추게 되므로 진리이치를 아는 자를 신, 절대자, 부처라고 해야 진리이치에 맞는 말이 되는 것이고 이 의미를 아는 자가 의식이 깨어 있는 자이다.

그러므로 어리석은 중생은 하루살이의 삶을 사는 것과 같고, 진리이치를 알고 사는 사람의 삶은 버마재비와 같은 성현의 삶을 사는 것과 같다. 어리석은 사람은 가는 세월만 탓하고 살지만, 세월이 덧없는 것이 아니고, 이치에 맞지 않는 삶을 살기 때문에 덧없음과 인생의 회한을 느끼고 괴로움을 느끼는 것이다. 누구는 인생을 사는데 정답이 없다고 말하지만, 인생의 정답은 순리에 따르고 이치에 맞는 삶을 사는 것이다.

32

부부의 인연과 부부로 산다는 것

인간이 이 세상에서 부부의 인연으로 만난다는 것은 두 사람이 지어놓은 전생 업의 흔적이 이생의 인연이 되어 그 업연의 인연을 따라 몸과 마음을 섞어가며 살아가는 것이다. 이러한 이치를 모르니 어리석은 인간들은 그 업을 천생연분이라고 생각하지만, 그것은 대단한 착각이다. 그러므로 부부 금실이 좋다고 말하는 것은 아직도 전생에 지은 업연의 고리가 남아 있으므로 살을 더 섞고 살아야 할 이유가 있다는 것을 의미한다.

부부 금실이 좋다면 그것은 아직도 상대와 풀어야 할 업이 남아 있음을 의미하고 그 마음을 다 말하지 못함이 있으므로 한이불 덮고 자면서 남아 있는 말을 몸을 섞어가며 속삭이는 것이 전부다. 그러나 그 속삭임의 시간이 지나면서 각자 업의 유통기한이 끝이 나면 헤어지거나 별거를 하거나 죽음 등으로 부부관계는 정리되게 되어 있는 것이 진리이치다. 그리고 자식이라는 것은 부부와의 업연으로 이 세상에 그 몸을 드러낸다. 그러므로 자식 자랑하지 마라. 그것은 "우리는 이런 업이요"라고 자랑하는 것이나 마찬가지다. 업이라는 것은 이런 형태로 작용하지만, 어리석은 중생은 이 이치를 모르기 때문에 업의 작용으로 나타나는 것을 사랑, 행복이라는 말로 포장하고 살아가는 것이다. 그러므로 여러분이 지금 누군가와 사랑, 행복을 논하고 그 품에 안겨 있다면 이것은 아직도 그 상대와 깊은 업연이 남아 있어서다.

그러므로 사랑·행복이라는 것이 상대와의 사이에서 없어졌다면 상대와 업연의 시간이 다했음을 의미하는 것이다. 따라서 인간의 만남과 헤어짐이라는 것은 이처럼 업의 유통기한에 따라 한 치의 오차도 없이 부부의 인연으로 혹은 가족이라는 인연으로 진행되고 있고, 이것을 진리이치, 자연의 섭리라고 하는 것이다. 참나의 이치를 알면 인간이 어떠한 업으로 만나고 헤어지는가는 쉽게 알수 있다.

33

견성과 깨달음, 깨달음과 마음

어리석은 사람은 자신의 관념에 맞으면 이것은 '좋은 인연이다. 좋은 사람이다'라고 생각하고, 뭔가 자신의 관념에 맞지 않거나 마음에 들지 않으면 '나쁜 인연이다'라고 단순하게 생각하고 산다. 이처럼 나의 관념에 따라 좋은 인연, 나쁜 인연이라고 생각하는 것은 각자의 업의 작용에 따라 마음에서 일어나는 것이므로 단순하게 판단하는 것은 의식 없는 행동이며, 이것은 진리이치가 무엇인지를 제대로 알지 못해서 생기는 현상이다.

사람의 마음에서 뭔가가 일어났다면 그것에는 반드시 일어나야 할 이유가 있다. 이때 일어난 그 마음의 본질과 원인을 스스로 알고 분별하여 행하는 자와 그렇지 않고 무조건 마음에서 일어났으므로 그 마음대로 행하는 자가 있는데, 이치를 알고 행동하는 사람은 다르다. 이 둘의 차이는 바로 깨달은 자의 마음과 일반 중생의 마음의 차이다. 깨달음이란 이치에 맞는 말을 하는 자의 말을 기준 삼아 그 말에 자신의 성품을 비추어 자신의 본성이 무엇인가를 알고 그 마음을 스스로가 고쳐 가는 것이고, 이것을 기반으로 진리이치를 스스로 알아가는 것이 돈오점수의 깨달음이라고 하는 것이다.

 세상에서 제일 어리석은 자는 부모가 돈이라는 물질을 남겨주지 않았다고 부모를 원망하는 것인데, 정작 원망해야 할 것은 나 자신에게 삶의 지혜, 진리이치를 가르쳐주지 않았다는 것이다. 그것이 진정한 원망이다. 그러므로 지금 나 자신의 마음과 환경을 보라. 나는 과연 어떠한 원망을 하고 살아왔는가를 스스로가 알게 될 것이다.

34

노력의 정의, 어리석음과 지혜로운 자

인간들은 모두 각자 원하는 바가 이루어지기를 바란다. 그리고 노력하면 무엇이든 다 이루어질 것으로 알고 기도를 하거나, 그 어떤 존재에게 매달린다. 하지만 전생에 스스로 지은 바가 없으면 아무리 피나게 노력을 하거나 어떤 존재에게 울고불고 매달려도 이루어지지 않는 것이 진리이치다. 그러므로 노력이라는 말로 자신을 스스로 위안 삼고 거듭날 것으로 생각하고 살지만 대단한 착각이다.

노력해서 뭐든 다 될 것 같으면 인생살이에서 무슨 걱정이겠는가. 결국, 어리석은 인간은 자신의 본성으로 형성된 관념에 따라 죽을 힘을 다하고 살지만, 진리이치에 따라 전생에 지어놓은 바가 없으면 그 노력은 깨진 독에 물 붓는 것과 같다 할 것이고, 세월이 흘러 죽음의 문턱에 이르러서 그 노력이 얼마나 허무한 것인가를 알게 될 것이다. 지혜가 있는 자는 노력을 해서 될 것과 안되는 것을 알고 살아간다.

이것은 타고난 본성을 기반으로 형성된 각자 의식의 문제다. 이치를 모르면 지푸라기에 매달리고 이치를 알면 썩은 줄과 동아줄이 무엇이 다른 것인가를 알게 되니 이것은 오로지 각자의 의식에 달려 있다. 그러므로 밥을 먹고 산다고 해서 모두 의식이 있는 것이 아니라, 어떤 것이 옳고 그름인가를 아는 것이 진정한 의식의 정의라고 해야 이치에 맞는 말이 된다. 어리석은 사람은 스스로 아집된 관념에 따라 노력을 하지만 지혜가 있는 자는 스스로 관념을 이치에 맞는 말에 비추어보고 이치에 맞지 않는 관념이면 그것을 스스로 버릴 수 있다. 그러나 어리석은 자는 물이 나오지 않는 마른 우물만 파면서 언젠가 물이 나올 것이라고 하지만 그것은 일생을 헛다리만 짚고 살아가는 격이니 이 어찌 안타깝지 않겠는가.

35

깨달음과 지혜(智慧), 운명을 바꾸는 법

많은 사람이 지혜를 얻고자 한다. 그러나 정작 지혜를 얻는 것이 무엇인가를 모른다.

지혜라는 것은 학교 공부하듯이 해서 얻어지는 것이 아니라, 이치에 맞는 말을 온전하게 이해하고 긍정하고 정립하여 그것을 내 마음에 담음으로써 얻어지는 것이다. 따라서 나 자신의 관념을 떠나, 이치에 맞는 말을 하나둘 정립해가다 보면 나 자신의 과거와 현재에 대하여 마음에 차이가 있음을 알게 되는데, 이것은 나의 지혜가 열리기 때문이며 그렇게 되면 스스로 운명은 얼마든지 알 수 있다.

그러므로 나 자신이 막연하게 지혜라는 것을 얻어야 한다고 해서 단번에 얻어지는 것이 아니라, 하나둘씩 이치에 맞는 말에 따라 꾸준하게 개념 정립을 해나가다 보면 은연중에 자신의 마음이 이전과 다름을 알게 되고 이것은 내 마음의 변화로 나타난다. 이것이 지혜를 얻는 방법, 운명을 바꾸는 방법이며 스스로 참나를 알아가는 유일한 방법이다. 따라서 인간이 밥만 먹고 산다고 해서 진리적으로 인간이라 할 수 없고, 무엇이 옳고 그른가를 분별할수록 나의 의식은 그것에 맞게 깨어나게 된다. 이것은 의식을 가진 인간이기에 나의 운명과 미래를 바꾸는 중요한 요소가 된다.

그러므로 내가 죽으면 이생에서 나의 의식으로 만들어진 그 마음만 흔적으로 남아 나라는 존재가 다시 그에 맞는 몸을 받아 태어나는 것이 윤회의 정석이고, 오늘의 나는 어제까지 나의 의식을 기반으로 하여 그 마음의 흔적으로 사는 것이 내 인생의 전부이므로 내 마음만 이치에 맞게 바꾸어가면 나의 환경, 운명은 얼마든지 바꿀 수 있다.

남자와 여자, 부모와 자식 그리고 천사

이 세상에 인간은 남자와 여자로 구분되어 존재한다. 그리고 인간은 모두 평등하다는 말을 하지만, 이것은 인간이라는 동물학적 분류에서 생명체인 인간이므로 동등하다 할 것이다. 그러나 진리적으로는 결코 남자·여자의 근본은 같지 않다. 따라서 현실적으로 남자의 근본은 죽을 때까지 힘(力)과 정력, 능력을 과시하다가 죽고, 여자는 죽는 그 순간까지 미모를 생각하며 거울을 보다가, 화장하다가 죽는 것이 보편적인 성향이므로 남자 여자의 근본은 다르다. 그러므로 남자 여자는 인간이라는 생명체의 부류라는 점에서는 동등하지만, 그 근본과 본질의 바탕은 다르다고 해야 맞다. 남자와 여자가 평등하다는 말은 생명체의 근본인 다름과 차이라는 그 이치를 모르고 하는 말이다.

인간이 어떠한 상대를 보고 사랑, 행복이라고 느끼는 마음이 일었다면 이것은 업연의 시작으로 나타나는 허상의 마음일 뿐이다. 그러나 어리석은 사람은 이것을 사랑, 행복 등으로 말하고 그 끌림으로 살고 있다. 하지만 시간이 지나면 이 사랑, 행복이라는 포장지가 사라지고 각자가 가지고 있는 본성이라는 업의 이치가 작용하게 되며 그 업에 따라 여러 가지 현상은 나타나게 되어 있다.

'천사', 사람들은 어린아이를 보면 천사라는 말을 한다. 하지만 이것은 부부의 업연으로 태어나는 업둥이에 불과하므로 천사라고 하는 말은 단순하게 어눌한 그 행동과 모습을 보고 하는 말일 뿐이다. 현실적으로 아이의 행동만 부자연스러운 것이고, 진리적으로는 아직 그 업연의 마음을 표현하지 못하고 있을 뿐이라고 해야 맞다. 따라서 어릴 때 천사라고 하지만 성인이 되면서 이 천사라고 하는 허물을 벗어 버린다. 그러므로 말 그대로의 순수한 천사라는 것은 진리적으로 존재하지 않으며 인간이 만든 사상으로 천사라고 표현하는 것이므로 이것은 진리적으로 맞지 않는 말에 불과하다.

37

마음 치유와 구원의 정의

이 세상에 존재하는 모든 인간은 마음이라는 것에 병(病)이 있으므로 그 이치에 따라 존재한다. 거꾸로 말하면 마음에 병이라는 것이 없으면 인간, 생명체는로 존재하지 않는 것이 진리이치다. 그러므로 인간이 온전하고 완벽하다고 말하는 것은 진리이치에서 벗어난 말이 된다. 따라서 내 근본의 마음을 이치에 맞게 바꾸면 마음의 병이라는 것은 그 마음에 맞게 치유가 되므로 이것이 바로 마음 치유의 정석이다.

하지만 어떠한 마음으로 만들어 갈 것인가를 선택하는 것은 각자의 의식으로 분별하고 선택해야 할 스스로의 몫이다. 마음은 그 선택의 결과에 따라 그대로 길들기 때문이다.

구원은 누가 나의 인생에 대하여 어떤 영향을 주어 내가 존재하고, 어떻게 되는 것이 아니라, 나 자신의 의식으로 옳고 그름을 분별하여 이치를 알고 그 마음의 힘으로 스스로가 이치에 맞는 행을 하므로 비로소 나 자신을 괴로움의 구덩이에서 구원할 수 있다. 이것이 진정한 자력(自力)이고, 구원(救援)의 정의(正意)다. 하지만 사람들은 우주 저편 어디에 그 무엇이 존재하여 나를 구원해주는 것으로 알지만 이런 이치는 대명천지 우주 그 어디에도 존재하지 않는다. 그러므로 나 자신의 의식이 있어야만 나 자신을 스스로 구원하는 것이 진리적 이치이므로 그 어떤 대상을 상정하여 '구원을 받지 못하는 영혼이 벌을 받는 곳'이라는 것을 우주에 설정하고 이치에 맞지 않는 말을 만들고 그것을 따르게 하는 것은 인간의 의식을 흐리게 하여 무의식에 빠지게 한다.

그러나 그 누가, 그 어떤 대상이 있다는 것을 상상하게 하는 무수한 말들은 온 세상에 널려 있다. 어리석은 인간은 그 말을 믿고 '그 누가 나를 구원해 주는 것'이라고 생각하지만 진리적으로 자신의 구원은 오로지 이치에 맞는 말을 의지하여 나 자신의 의식으로 옳고 그름을 분별해야만 나 스스로가 나를 구원할 수 있다는 점을 명심해야 한다. 따라서 현재의 나는 나의 의식에 따라 이 순간 각자의 환경과 모습이 그대로 화현(化現)으로 나타나 있는 것이다. 그러므로 지금 내 마음과 환경에 어떤 문제가 있다고 해도 그 누구 원망할 필요는 하나도 없다. 그것은 나 자신의 의식으로 내가 만든 것이기 때문이다.

38

만남의 원인과 업의 작용

업의 시작은 어떠한 동기가 부여되고, 누군가를 만나는 것으로 업의 작용은 시작된다. 따라서 누군가와의 만남이 있다면 그 이면에는 반드시 업이라는 진리 기운의 작용이 있다. 따라서 인간의 첫 만남은 좋은 감정으로 모든 것이 다 좋게 보인다. 이것을 보통 인연이라고 말하지만, 문제는 이 업을 가리고 있던 그 포장지가 벗겨지면 어떻게 되는가. 바로 성격(性格)의 차이로 나타나고, 본성이 드러나고, 이것은 가정불화, 또는 조현병, 정신병과 같은 것으로 혹은 몸의 병으로 나타난다. 그래서 처음에는 업이 비슷하거나 같으므로 이 같은 마음의 차이를 보지 못하고 인생을 살아간다.

하지만 이 업에 따른 유통기한이 지나고 나면 비로소 서로의 차이가 보이고 마음의 차이가 보이게 되므로 대부분은 만남을 후회하게 되는데, 어떤 업인가에 따라 나타나는 현상은 다 다르다.

만남의 순간은 업이 같거나 비슷하므로 상대의 결점이나 모순이 절대 보이지 않게 되는데, 이것이 바로 눈에 콩깍지가 쓰였다고 하는 것이다. 그러므로 업연으로 만나는 이 과정에서는 서로 좋은 감정으로 포장하여 나에게 다가오기 때문에 그 차이를 모르지만, 시간이 지나면서 서로 가까워지고 업이 성숙하면 비로소 서로의 모순이 보이기 시작한다. 이것이 바로 업의 유통기한이라고 하는 것이다. 처음에는 초록도 동색이라는 개념으로 그 차이를 보지 못하다가, 시간이 가면 초록은 동색이 아니라는 것을 알게 될 것이다. 초록은 결코 동색은 아니다. 흰콩에 검은 콩 한 알이 섞이면 그것은 온전한 흰콩이라고 할 수 없다. 바로 이 차이를 아는 것이 진리를 깨달은 자가 되는 것이다. 그러므로 마음이라는 근본작용을 알면 인간이 왜 존재하는가는 매우 쉽게 알 수 있다.

39

내 마음의 거울, 전생을 아는 방법

이 세상에서 나 자신이 왜, 무엇 때문에 지금과 같은 모습과 환경으로 존재하는지 그 근본을 모르는 처지에서 타인의 마음과 행동을 가지고 나 자신의 관념으로 무엇이 어떻다고 이러쿵저러쿵 논하지 마라. 먼저 내 마음을 이치에 맞는 마음으로 만들라. 그렇지 않으면 세상의 모든 것은 아상(我相)에 불과하므로 이 관념으로 세상을 보고 평가하게 되어 있으므로 그것은 이치에 맞지 않는다. 따라서 상대를 보고 평가하는 것은 나 자신의 관념과 비교하여 그 기준에 따라 상대의 행을 맞다 그르다고 말하는 어리석음에 불과하다 할 것이다. 하지만 반대로 상대의 입장에서는 그 자신이 하는 모든 언행이라는 것이 맞을 수 있기 때문이다.

따라서 먼저 내 마음을 이치에 맞게 만든 다음 상대를 바라보면 상대가 하는 행위의 모든 것이 보이게 된다. 아상이 큰 사람일수록 남의 탓을 많이 하고, 아상이 적을수록 남이 하는 모습을 보고 나 자신의 허물 된 마음을 먼저 되돌아보게 되는 것이다. 세상에서 타인의 마음을 논할 수 있는 자는 오직 이치에 맞는 마음을 가진 자만이 할 수 있는 것임을 명심하라.

그러므로 스스로가 각자의 과거 현재와 같이 운명을 아는 것, 미래를 안다는 것은 이미 각자의 마음은 자신의 주변에 내 마음의 거울로 그대로 자신의 마음이 펼쳐져 있으므로 별도로 그 무엇이나, 어떤 대상에 의지해서 나 자신의 마음의 거울을 찾으려 하지 마라. 나 자신의 운명과 내 마음은 내 몸에, 또는 가족이나 친구, 직장의 환경과 직업으로 각자의 전생이 그대로 펼쳐져 있고, 나 자신이 지은 바 이치대로 이 세상에 모두 연결되어 있으므로 나의 일거수일투족은 결국 내 마음이 화현으로 이 세상 거울로 현실에 다 나타나 그대로의 삶을 살고 있다는 것을 명심해야 할 것이다. 따라서 내 마음을 바꾼다는 것은 곧 나의 운명을 바꾸는 것이 되는 것이다.

40

현실과 이상, 신과 부처의 정의

세상에는 무수한 생명체가 있다. 그리고 그 생명체 중에 인간만이 유일하게 꿈을 꾸고 허상을 생각하고 허구를 말하며 살아간다. 그러나 인간이 아닌 기타의 생명체는 인간과 같은 허상의 마음이 없으므로 꿈을 꾸지 않고 주어진 삶에서 각자가 생명 본능의 행동만을 하고 살아간다. 하지만 허상의 마음을 가진 인간만이 유일하게 허구(虛構)의 말을 듣고 허상(虛想)을 생각하니 어리석게도 나 자신의 현실(現實)을 바르게 보지 못하고 살아가고 있다.

인간은 현실을 사는 생명체다. 따라서 의식이 뚜렷하지 못할수록 허상(虛想) 속에 이상(理想)을 꿈꾸며 살게 되어 있고, 이것이 바로 무의식의 삶이라 할 것이다. 이것은 결국 나 자신의 의식을 무의식에 빠지도록 하여 나를 멍들게 하고 패가망신하게 한다. 꿈과 현실을 분별하고 사는 자가 진정 의식 있는 자의 삶이라 할 것이다. 견성이란 자신의 타고난 성품을 스스로 보는 것이고 그 본성을 자각하여 아는 것이 깨달음임을 알아야 한다. 그러나 나 스스로가 스스로 마음을 들여다본다는 것은 매우 어렵다.

내 마음을 떠나, 전생과 미래를 알려고 하지 마라. 오늘 이 찰나의 순간이 바로 전생에 내가 살았던 그대로의 마음이 이 현실에 다 나타나 있기 때문이다. 따라서 허상의 꿈을 꾸는 어리석은 자는 자신의 그 마음을 스스로 알지 못한다. 진리이치를 알면 인간이 왜 존재하는가 그 이유뿐 아니라 생명체의 본질을 다 알게 된다. 이것을 바로 깨달음, 지혜를 얻은 자, 신, 부처라고 해야 이치에 맞는 말이 된다. 그러므로 이 현실을 떠나 우주에 극락, 천당도 없고, 현실을 떠나 그 어떠한 세상, 그 어떤 존재를 말하는 것은 진리이치에 맞지 않는다.

인간의 의식 차이와 만남, 신과 깨달음

모든 관계는 만남 속에서 이루어진다. 세상에 태어나면서 부모를 만나고, 자라면서 친구를 만나고, 성숙해가면서 사랑하는 사람을 만난다. 이생에 내가 누구를 만나느냐에 따라 삶의 모습도 달라지고 행복할 수도 불행할 수도 있다. 이것은 전생에 내가 어떠한 흔적을 남겼는가에 따라 우리의 일생은 모두 업연의 만남 속에 이루어진다. 하지만 문제는 그 만남이라는 것의 근본 본질을 아는 사람은 이 세상에 없지만, 진리이치를 알면 이것은 얼마든지 쉽게 알수 있다.

그러므로 우리의 삶도 누구를 만나는가에 따라 나 자신의 인생은 달라진다. 따라서 지금 나 자신이 만나고 있는 사람도 반드시 내가 상대를 만나야 할 업을 지어 만나는 것이므로 내가 어제까지 어떠한 업을 지었는가에 따라 그 상대는 나에게 향기를 풍길 수도 썩은 냄새를 풍길 수도 있다. 만남이라는 것은 누구라도 할 수 있는 말이지만, 그 만남의 근본 원인을 구체적으로 말하지 못하고 있으므로 결국 이 세상에 도(道), 진리의 깨달음을 얻은 사람은 없다할 것이다. 깨달음이란 생명체의 본질을 아는 자이고, 이치에 맞는 말을 하는 자이다. 그러므로 사상적인 존재는 그 사상 안에서만 존재하는 것이다. 진리이치를 아는 자는 과거에도 존재했고 지금 이 시대에도 존재하고 있지만, 그것을 알아보는 사람이 없을 뿐이다.

 따라서 각자의 의식에 따라 이런 사람을 알아보는지 알아보지 못하고 있는지의 차이만 있을 뿐이다. "가장 적은 욕심을 갖고 있어서 나는 신에 가까운 것이다"라고 소크라테스는 말했다. 하지만 이 말은 소크라테스는 아직 그 자신이 신이 아니라는 의미의 말이고, 내가 말하는 것은 진리이치를 아는 자는 이 세상에 인간으로 존재하므로 이 사람이 바로 신이고, 깨달은 자, 전지전능한 자라고 해야 이치에 맞는 말이 되는 것이다.

42

잘 살고 잘 죽는 방법, 삶과 죽음

　나에게 주어진 일을 할 때는 주관적인 의식으로 중도(中道)의 마음으로 이치에 맞는 행(行)을 하라. 그리고 그 일의 결과를 판단할 때는 내 생각, '나'라는 주관적 관념을 빼고 객관적으로 해야 한다. 이것이 바로 괴로움에서 벗어나는 지름길이며 잘 사는 인생이라 할 것이다. 현실과 이상, 인간은 허구(虛構)의 말을 듣고 허상(虛想)을 생각하니 어리석게도 현실(現實)을 바르게 보지 못하고 있다.

　인간은 현실을 사는 생명체다. 따라서 허상(虛想) 속에 이상(理想)을 꿈꾸며 사는 것이 무의식의 삶이라 할 것이며, 이것은 결국 나 자신의 의식을 멍들게 하고 나를 패가망신하게 한다. 그러므로 꿈과 현실을 분별하고 사는 자가 진정 의식 있는 자의 삶이라 할 것이다. 따라서 인간이 잘 사는 방법은 이치를 알고 순리를 따르는 삶을 사는 것이며, 잘 죽는 방법은 진리이치를 알고 그 이치에 순응하는 마음가짐으로 죽음을 맞이하는 것이다. 그러므로 내 마음에 어떠한 흔적을 남기지 마라. 그것은 내일모레, 다음 생에 나 자신의 마음에 흔적으로 남고, 그 흔적에 따른 삶을 살아야 하는 것이 자연의 섭리다.

따라서 인간이 태어날 때 주먹을 꼭 쥐고 태어나는 것은 각자의 아집된 업이 있어서이며, 또 거친 세상 속에서 홀로 남겨져야 하는 자의 두려움 때문이다. 인간이 죽을 때 손바닥을 펴고 죽는 것은 죽어 보니 의식 없이 살아온 인생에 대한 자포자기의 표현이고 허송세월한 인생의 회한을 후회하는 표현에 불과하다. 그러므로 이것이 아닌 그 어떤 말로도 인간의 삶과 죽음에 대하여 인간의 사상과 감성으로 논하지 마라. 그것은 어리석음이 되기 때문이다.

43

절망과 희망, 삶의 의미와 인과(因果)

진리이치를 모르고 사는 사람의 삶은 절망이고, 진리이치를 알고 사는 사람은 희망의 삶이다. 내 참나의 마음을 알고 사는 사람은 희망적인 삶이고 내 참나를 모르고 사는 사람은 절망적인 삶이다. 무엇이 옳고 그름인가를 분별하고 사는 사람은 희망적인 삶이고, 무엇이 옳고 그름인가를 모르고 사는 삶은 절망적 삶이다. 내 마음을 먼저 생각하고 마음을 이치에 맞게 만들어가는 삶은 희망적인 삶이고, 육신의 몸뚱이만 소중하게 알고 그 몸에 물질로 온갖 치장을 하고 속마음을 숨기고 사는 사람은 제일 어리석은 사람이고 절망적인 삶을 사는 것이다.

따라서 진리이치를 모르면 한세상 이룰 수 없는 허상의 꿈만 꾸다가 한세월 무의미하게 허송세월을 보내게 될 것이고, 진리이치를 아는 사람은 자연의 섭리에서 벗어나지 않는 순종의 삶을 살므로 괴로운 윤회에서 얼마든지 벗어날 수 있으며 내 운명을 바꾸어 갈 수 있다. 그러므로 진리이치를 알려고 하는 삶, 이것이 인간으로서 가질 수 있는 이생에서의 유일한 희망이 되고 이것이 내가 이 세상에 태어난 의미이자 살아온 보람이며 살아갈 이유가 되어야만 이치에 맞는 말이 된다.

　그러므로 하루살이는 눈앞에 보이는 육신의 쾌락만을 추구하다 한세월 불나방 같은 삶을 살고, 진리이치를 아는 자의 삶은 영생을 보고 살아가므로 나 자신이 어떠한 삶을 사는가는 각자의 의식에 달려 있다. 따라서 지금 나 자신의 몸과 마음은 과거에 내 의식에 흔적으로 만들어졌고, 그 흔적이 인(因)이 되어 지금의 내 몸과 마음 환경의 과(果)로 나타나 이생을 살아가고 있는 것이 전부이므로 지금의 나 자신의 삶에 대하여 그 누구 원망할 것 하나도 없는 것이다.

────── • #44 • ──────

존재 이유, 신과 부처의 정의

   온 세상 사람들은 "나는 왜 태어났는가, 나는 왜 존재하는가, 나는 왜 괴로운가, 나는 왜 이러한 환경에 살아야 하고, 상대를 만나야 하는가, 내가 하는 일이 왜 이같이 마음대로 되지 않는가?" 등등의 무수한 말을 하면서 각자의 신세를 한탄하기도 한다. 하지만 인간 역사이래 생명체의 본질에 대하여 근본을 말한 사람은 없었으므로 이에 대한 답을 내릴 수 없었다. 문제는 진리이치라는 근본을 모르기 때문에 생명체의 본질을 말할 수 없었다. 인간은 이처럼 무수한 의구심을 품고 살아가지만, 이것은 이 세상에 이치에 맞는 말이 없었으므로 이같이 온갖 사상적인 말에 꺼둘려 나라는 주관적 의식을 잃어가고 있다.

   내 마음에 흔적을 지우지 않으면 결국 그 흔적으로 인간은 내일모레 다음 생 내 마음의 흔적으로 나는 존재할 것이다. 따라서 오늘을 사는 각자의 인생은 그 마음에 흔적으로 미래에 남고, 그 이치대로 여러분은 존재하는 것이고 지금 각자의 삶은 그 마음에 흔적이 화현으로 나타나 있는 것이므로 마음을 이치에 맞게 고치면 결국 각자의 삶은 그것에 맞게 변하게 되므로 이것을 마음공부라고 하는 것이다. 지혜란, 이치에 맞는 것을 알아가고 그것을 실천하므로 얻어지는 것이다. 마음에 흔적을 남기지 마라. 그 흔적은 괴로움의 업이 되기 때문이다. 따라서 순리에 순응하고 이치에 맞게 살라. 자연은 말이 없다. 하지만 말이 없는 자연 속에 생명체 본질에 대한 답이 다 있지만 어리석은 인간은 그 답을 모르고 살아간다.

어리석은 사람은 신기루와 같은 꿈을 꾸고 그 꿈을 행복, 사랑이라는 말을 쫓아서 살지만 지혜로운 자는 이 순간순간을 이치에 맞는 행을 하고 그 결과를 알고 기다리는 삶을 살아간다. 어리석은 사람은 하루를 생각하지만 지혜로운 자는 영생을 바라본다. 따라서 지혜로운 자는 보는 시야가 광대하고 어리석은 자는 근시안적인 사고만을 한다. 견성(見性)은 자신의 성품을 스스로 보는 것이고, 깨달음은 진리이치를 아는 것이다. 신, 부처란 우주 그 어디에 별도로 존재하는 것이 아니라, 인간의 무리 속에 인간의 몸을 가지고 이치에 맞는 말을 하는 자가 신이며 부처이고 전지전능하다고 해야 맞는 말이 된다.

제 2 장

참나를
찾아서

마음의 흔적과 형상

　보통의 사람들은 자신의 전생, 이생에서의 미래, 다음 생에서의 운명이 어떤 것인가를 어떠한 대상에게 빌어서 답을 찾으려 하지만 찾을 수는 없다. 현재 나의 환경과 주변의 인연을 보면 나 자신의 과거 현재 미래의 모습이 보일 것이다. 이 순간 나 자신은 내가 전생에 지어놓은 그 마음을 바탕으로 현실에 나타난 마음의 형상(形象)이므로 내 마음 그대로 나타나 있고, 그것을 그대로 보고 있고, 그 이치에 따른 삶을 살고 있는 것이다. 자신이 전생에 지어 놓은 나의 업(業)에 의한 흔적이 그대로 현재에 나타나 있기 때문에 그 누가 존재하여 내가 이 세상에 존재하는 것은 아니다.

　따라서 오늘 내 마음에 어떤 흔적을 남겼는가에 따라 그 흔적은 내일모레 윤회 속 나의 삶에 흔적으로 남아 나를 존재하게 하는 뿌리가 된다 할 것이다. 그러므로 오늘 나의 삶은 어제 내 마음에 남은 그 흔적의 형상(허상의 그림자)일 뿐이며 그 마음에 흔적은 또다시 업(業)으로, 괴로움으로 내일모레, 다음 생 흔적으로 나에게 다가오게 되어 있으며 나는 다시 그 흔적의 윤회 속에서 삶을 살게 될 것이다.

어리석음과 지혜(智惠)로움의 차이

    어리석음과 지혜(智惠)로움의 차이는 무엇인가. 어떤 일에 있어 상대의 행동을 보고 모순이라고 분노하는 감정을 먼저 가지는 사람은 어리석은 사람이며, 상대를 탓하기 전 나 자신의 행동 속에 나타나는 그 마음을 냉철하게 볼 줄 아는 사람이 지혜로운 사람이다. 따라서 내 관념에 비추어 남의 잘못을 보고 먼저 분노하는 사람은 어리석은 사람이며, 스스로의 잘못, 흠결, 하자를 먼저 냉철하게 볼 줄 아는 사람이 진정 지혜로운 사람이라고 해야 이치에 맞는 말이 된다. 사람은 누구나 마음의 끌림에 따라 행동을 한다. 따라서 내 마음에서 누군가에게 무엇인가에 끌림의 마음을 느끼면 이것은 또 다른 나의 업(業)이 시작되었음을 알리는 시작의 신호이다.

    그러므로 내 마음에 뭔가의 괴로움을 느끼면 이것은 내 업이 한창 진행되고 있다는 것을 의미하고 그것은 내 마음에 또 다른 흔적(상처)으로 남는다. 그러므로 일반적으로 말하는 '사랑, 행복'이라는 말은 업(業)의 시작을 알리는 신호수에 불과할 뿐이며 이 같은 말들은 나의 본 업을 가리는 포장지에 불과한 말이다. 그러나 보통

사람들은 이 같은 포장지에 자신의 본성을 숨기고 사랑, 행복 등
과 같은 말을 앞세우며 가식된 마음으로 살아가고 있다 할 것이다.

헤어짐과 죽음

이 세상에는 무수한 인연(因緣)들이 존재한다. 그중에 서로 잡아 먹을 듯이 으르렁거리면서도 헤어지지 못하고 평생을 그대로 살아 가는 사람들이 있는데 이것은 상대와 업연(業緣)의 고리가 끝나지 않아서 내 마음에 그 흔적이 남아 있으므로 그렇다. 그러므로 이 생에 인간으로 존재하는 이유는 그 흔적을 지우기 위해서 인간은 존재할 뿐이고, 이생에서의 그 업연의 유통기한이 지나면 헤어지 거나 죽음을 맞이하게 되는 것이 전부이다.

그래서 내가 이생에 존재하는 것은 내가 잘나서 존재하는 것이 아니라 나의 매듭(업, 굳어진 마음)이 있어서 그 매듭을 풀기 위해 나 라는 인간(人間)으로 존재하는 것이 전부이다. 따라서 인생(人生) 을 산다는 것은 그 매듭을 풀고자 존재하는 것이고, 그 매듭(흔적) 을 어떻게 풀어가는가에 따라 내일모레, 다음 생 나 자신의 마음 에 흔적으로 남을 것이며 이 흔적에 따라 나의 삶(운명)은 그 이치 에 따라 전개될 뿐이다. 미래에 다시 생명체로 태어난다면 그것은 이생에 내가 풀어야 할 그 매듭을 남겨 두었기 때문이며 그 매듭 을 업연(業緣), 인연이라고 보통 사람은 말하는 것이며 나라는 존재 는 그 인연의 흔적의 이치에 따라 오늘을 살 뿐이다.

어리석음과 현명함

어리석은 사람들은 자신의 삶이 무엇인가 그 본질(本質)도 모르면서 온 세상에 떠도는 무수한 사상적인 말에 나 자신의 의식을 놓아버린다. 그리고 나 자신의 인생에 아무런 도움이 안 되는 그 욕망에 매달려 모든 것을 바치고 일생을 살아간다. 출세와 나 자신의 보신을 위해 조직과 상사에 충성하고, 양심을 팔고, 허망한 지위와 명예를 거머쥐고 한세월을 그렇게 살다가 다시 올 수 없는 인생을 허무하게 마감하는 것이 보통 사람들의 삶이다.

따라서 인간은 온갖 세상의 욕망과 집착에 꺼둘려 살지만 죽음의 문턱에 이르러 결국 인생의 허무주의에 빠지게 된다. 그리고 그렇게 갈망했던 부와 지위와 명예는 한순간의 꿈임을 알게 되고 그 꿈은 점차 나이가 들어감에 따라 그 의미를 잃어간다.

그토록 살아남기 위해 스스로 몸부림쳤던 그 시절 삶의 뒤안길에서 허무한 마음으로 되돌아보게 되고, 인간으로 태어났으므로 살아야만 하는 이 거친 세상을 겪으며 위선과 탐욕을 혐오하게 된다. 먼 훗날 나 자신의 야망(野望)과 집착을 부끄럽게 여기며 저물어 가는 인생에 그것은 한순간의 꿈이고 모래성이었음을 알게 되고, 인간의 진실한 의미와 가치가 무엇인가를 찾아 나서 다시 먼 길을 방랑하게 될 것이다. 모든 인간은 이 범주에서 절대로 벗어나지 않는다. 이것이 바로 생명체가 자업자득으로 윤회하는 진리이치라고 하는 것이나, 이 이치를 모르는 어리석은 인간은 남이 하는 그 행동(行動)을 따라 하고, 남이 하는 그 흉내를 따라 하며, 남이 하는 말과 모습, 환경을 따라서 살려고 한다. 그러나 이것은 그 사람과 내가 업의 이치(理致)가 다르기 때문에 남이 하는 것을 따라 하면 안 되는 것이다.

의식과 책의 선택

세상에 어떤 대상에게 울고불고 빌어서 해결되는 것은 없다는 것이 진리이치이다. 그럼에도 어리석은 자는 해(太陽)를 보고 빌고 달을 보고 빈다. 하지만 현명한 자는 해를 보는 자신의 그 마음을 먼저 고쳐간다. 어리석은 자는 해를 품으려 하고 현명한 자는 해(자연의 이치)를 닮아 가려는 마음을 먼저 가진다. 그래서 인간의 의식이라는 것은 인생살이에 매우 중요하다 할 것이다. 누군가 말했다. '하루라도 책을 읽지 않으면 입안에 가시가 돋친다'라고. 이 말은 어떤 책이든 무조건 읽으라는 개념이므로 결국 나의 의식(意識)을 흐리게 하는 말이 되는 것이고, 내가 하는 말은 '단 한 권의 책을 읽더라도 이치(理致)에 맞는 말의 글을 읽어라'이며 이같이 하므로 나의 의식은 그에 맞게 깨어난다는 사실이다. 그러므로 책을 몇 권을 보았는지가 중요한 것이 아니라 단 한 줄의 글을 보더라도 이치에 맞는 글을 보는 것이 의미 없는 책 수만 권을 보는 것보다 좋다 할 것이고, 좋은 글인지 아닌지는 이치에 맞는 말인가 아닌가로 먼저 분별하는 것이 중요하다. 따라서 막연하게 '하루라도 책을 읽지 않으면 입안에 가시가 돋친다'라는 말은 의미 없다.

마음 길들이기

마음은 나의 의식으로 얼마든지 길들일 수 있다. 따라서 소금에 절이지 않은 배추는 입맛에 맞는 김치가 될 수 없고, 소금으로 잘 절인 배추는 입에 맞는 김치로 거듭날 수 있는 것과 같다. 어떤 소금(말, 언어)으로 절이는가에 따라 나의 의식은 그에 맞게 절여질 것이며 따라서 나의 내일모레, 그리고 미래의 삶(운명)이 결정될 것이다. 그러므로 현재의 나는 전생에 내가 절여 놓은 대로의 삶이 그 이치에 따라 전개되고 있는 것이므로 어떻게 바꿀 것인가는 각자의 의식에 달려 있다 할 것이다. 그러므로 생명체라는 것은 형이상학(形而上學)이 바탕이 되어 존재하고, 형이하학(形而下學)으로 형이상학을 정의(正意)할 수는 없다. 그 이유는 이같이 하면 이치에 맞지 않는 사상(思想)이 만들어지기 때문이다. 사상이란 생각하고 생각을 함으로써 얻어지는 추론이고 지적설계론이라 할 것이고, 이것이 바로 사상(思想)이라고 하는 것이다.

따라서 사상이라는 것은 지구상 60억의 인간이라면 그 누구라도 사상을 만들어 말할 수는 있다. 그러나 그 사상이 맞는가 아닌가는 사람들이 하는 말과 행동으로 알 수 있는 것이고, 이치에 맞는 말인가 아닌가로 분별할 수 있다. 따라서 진리란 형이상학(形而上學)의 세계이고 보이는 물질의 세계의 개념이 아니기 때문이나, 그 말이 '이치'에 맞는가 아닌가로 이것을 분별할 수 있는데 이것은 의식이 깨어 있어야만 가능한 것이다.

존재의 이유와 업

사람이 이 세상에 존재하는 것은 업(業)이 있어서이다. 따라서 업이라는 것은 나 자신의 무의식 속에 형성된 관념으로 쉽게 업을 짓기 때문에 업 짓는 것을 쉽게 인지하지 못한다. 따라서 이 업을 짓지 않을 수 있는 것은 오로지 나 자신이 바른 의식, 의지가 있어야만 가능하므로 의식이라는 것은 인간에게 있어 매우 중요하다 할 것이다. 그래서 의식이 뚜렷하지 못하면 업이란 짓기는 쉽다. 하지만 업을 없애는 과정은 또 다른 고통이 있으므로 업을 짓기는 쉽지만, 그 업을 없앤다는 것은 나의 의식이 깨어 있어야 하므로 이것은 매우 어려운 일이다.

따라서 업을 소멸하는 길은 오직 이치에 맞는 말을 마음에 담을 것인가, 이치에 맞지 않는 말을 마음에 두는가에 따라 나의 마음은 그에 맞게 길들여지게 되므로 어떻게 내 마음을 고쳐가는가에 따라 그것은 나의 마음에 흔적으로 남게 될 것이다.

운맞이의 정의

사람들은 해가 바뀌면 신년운세라는 것을 보고 운맞이라는 것을 한다. 하지만 이것은 인간들이 진리이치를 알지 못하고 사상(思想)으로 만들어 놓은 것에 불과하므로 인간에게 아무런 도움이 되지 못한다. 하지만 진리이치를 모르고 사람들은 해가 바뀌면 그 해를 보려 종종걸음으로 마중을 간다. 하지만 그 해는 나의 죽음을 재촉하는 자연의 시간에 불과한 것이다. 어리석은 인간은 자기 죽음이 가까워짐을 모르고 그 해를 보고 즐거워하는데 이것은 마치 불나방이 불을 보고 좋아하는 것과 같은 것이며 이것은 바로 마음이라는 상(相)을 가진 인간만이 할 수 있는 행동이다. 이런 것을 한다고 해서 나의 운명이나 내 삶의 이치가 바뀌지 않는다.

자비와 인간적인 행

　인간이기에 해야 하는 당연한 도리인 인간적인 행위를 했다고 하여 그것을 자비라고 생각하는 어리석은 사람들이 있다. 하지만 그것은 당연한 인간의 도리일 뿐이므로 인간적인 행동을 했다고 해서 그것이 선업(善業)이라고 할 수는 없는 것이 진리이치다. 따라서 진정한 자비(慈悲)는 이치(理致)에 맞는 말로 중생의 의식을 깨어나게 해서 이치에 벗어난 행동을 하지 않게 하는 것이 진리적으로 진정한 자비(慈悲)라고 할 수 있다.

　그러므로 업이 있어 존재하는 인간이 하는 말은 이치에 맞는 말인가 아닌가를 따져보고 말은 꼭 필요한 말만 이치(理致)에 맞게 해야 한다. 이치에서 벗어난 말은 쓸데없는 말이 되고 그것은 내 마음에 먼지로 쌓여 나의 의식을 흐리게 할 뿐이고 다시 또 흔적으로 남아 내 인생에 괴로움으로 남게 되므로 지금 각자가 하는 말이 꼭 필요한 말인가를 되돌아봐야 한다. 따라서 이치에 맞게 하는 말이 쌓일수록 나의 마음자리를 더욱더 빛나게 만든다.

　따라서 자비라는 것은 그 어떤 대상에 베푸는 것이 아니라, 인간으로 존재하면서 인간의 의식을 깨어나게 해주는 것이 진정한 자비다. 사람들은 '지극히 평범한 삶이 사실 가장 위대한 삶이다'는 말을 한다. 하지만 '평범'이라는 말에 대한 기준이 뭔가의 문제가 남는다. 내가 말하는 위대한 삶이란 물질로 인간의 가치를 말하는 저울질이 아니라 '진리이치에 순응하며 사는 삶, 자연의 섭리에 순응하는 삶'이 가장 존귀하고 위대한 삶이다.

따라서 물질의 가치만으로 인간의 삶의 척도라고 말하는 것은 어리석다. 진리이치(眞理理致)를 알아가는 것이 나의 삶에 최우선 목표가 되어야 하므로 '생명체는 그 누구나 부처가 될 수 있다'는 말에 현혹되어서는 안 된다. 그 이유는 부처나 절대자 등은 이 현실을 떠나, 사상적으로 사차원에 설정된 대상이기 때문이며, 그러므로 환상에서 벗어나 현실에서 내가 진리이치를 깨달아가면서 사는 삶이 '존귀한 삶'을 살고 있다고 해야 맞는 말이 된다.

'나를 알자'와 깨달음

세상에 존재하는 모든 인간은 '내 마음이 있다'는 것을 인식하고 살아간다. 하지만 정작 그 마음이 어떠한 것인지는 모르고 산다. 따라서 나라고 인식하는 참나의 기운이 근본이 되어 나를 존재하게 한 것이므로 이 참나의 마음을 알면 내가 왜 존재하는가를 알게 된다. 그러므로 내가 보는 모든 것은 내 마음이 짓는 바가 되고, 보이는 그것은 바로 내 마음의 화현(化現)으로 나타난 것이기 때문에 내 마음이라는 것은 곧 나의 조물주가 되는 것이다. 따라서 내 눈에 보이는 모든 삼라만상은 각자의 마음의 화현(化現)일 뿐이다. 그러므로 내가 이 세상에 존재하는 이유는 나 스스로가 나를 존재하게끔 그 이유를 만들었고 이 마음에 따라 지구상에 모든 생명체는 각자의 마음이 화현(化現)되어 나타나 있어서 이것을 스스로가 알 수 있으면 각자의 존재를 스스로 알 수 있으므로 이것이 바로 '나를 알자'이며 이 자체를 깨달음이라고 하는 것이다.

그러므로 물질로 보이는 내 몸에 묻어 있는 때는 눈으로 보이기 때문에 그 몸에서 쉽게 벗길 수 있겠지만, 물질로 보이지 않는 마음이라는 것의 때는 이 같은 물질개념으로 절대 벗길 수 없다. 마음의 때는 오직 나의 의식이 깨어나서 옳고 그름을 분별할 수 있을 때만 벗길 수 있는 것이다. 이 이치를 모르니 어리석은 사람들은 물질을 대입하여 진리를 인위적이고 지적 설계론에 의해 만들어진 사상(思想)으로 조각을 하고 그것을 믿고 살아가니 안타까울 뿐이다.

무의식과 빙의

'나'라고 인식하는 것은 내가 살아 있어서 나를 인식하는 것이고, 내가 죽으면 무의식의 기운으로만 남는다. 따라서 인간은 육신이 있으므로 나라고 인식하는 의식(意識)이라는 것이 반드시 있다. 반대로 내가 죽어 육신이 없으면 당연히 '나'라고 인식했던 그 의식이 없어지게 된다. 그러므로 진리기운 속에 사는 인간은 언제라도 무의식(다른 기운, 빙의)의 기운이 나에게 영향을 줄 수 있다. 이처럼 나라는 의식이 흐려 있으면 이것은 마치 대문이 열려 있는 집에 도둑(빙의)이 마음대로 들락거리는 것과 같은 것이므로 옳고 그름을 분별하는 의식이 있어야만 그 무의식에 다른 기운(빙의)이 들어오지 않는다. 그러므로 바른 의식은 '나'라는 집을 지키는 열쇠라고 해야 할 것이다.

따라서 나의 의식으로 이치(理致)에 맞는 행(行)을 하면 나의 의식이 그 결과에 맞게 깨어나기 때문에 미혹(迷惑)에서 벗어날 수 있는 것이고, 이 이치를 모르면 결국 무의식의 삶을 살 수밖에는 없다. 따라서 무의식이 마음에 있으면 내 마음이 무명에 가려져 번뇌 망상이 일어나고, 사리(事理)에 어둡게 되므로 이것은 다시 내 마음에

흔적으로 남아 그에 따른 윤회를 하는 것이 생명체(인간)가 세상에
존재하는 이유이며, 이 개념으로 보면 오늘날에 존재하는 나는 나
의 의식에 따른 결과물이라고 해야 할 것이다.

전생 알기

많은 사람들이 전생(前生)을 알려고 한다. 하지만 지금의 내가 이 세상에 존재하는 이유는 전생에 내가 지은 자업자득, 인과응보의 이치에 따라 그 흔적으로 지금의 내 모든 환경이 만들어진 것이다. 그러므로 각자의 환경은 내 마음이라는 것이 현실로 나타난 것이기 때문에 현재의 나의 환경을 보면 자신의 전생을 다 알 수 있고, 다음 생의 이치도 스스로 다 알 수 있다. 이것이 '나를 알자'의 정의(正意)다. 그래서 마음공부의 정석은 나라는 아상을 벗겨내는 것이 마음공부의 정석이라고 해야 맞다. 문제는 '나'라고 하는 아상(我相)이 가려져 있으므로 그것을 보지 못하고 있을 뿐이며, 이것을 무명(無明)이라고 하는 것이고 이것은 마치 눈썹은 존재하나 스스로의 눈으로 자신의 눈썹을 보지 못하는 것과 같은 것이다.

성행위

모든 생명체는 성행위를 한다. 하지만 마음이라는 아상(我相)을 가지고 있지 않은 동물은 본능에 의한 성행위를 하지만 마음을 가진 인간은 시도 때도 없이 성행위를 하면서 쾌락을 즐긴다. 이것이 마음이라는 아상이 있고 없고의 차이다. 따라서 남자는 '힘과 능력'이라는 아상으로 성(sex)을 생각하고 상대를 고르지만, 여자는 '사랑, 행복'이라는 말에 자신의 성(sex)을 포장하고 합리화한다. 결국, 남자는 정력과 능력이라는 것으로 이성을 유혹하고, 여자는 미모, 아름다움이라는 포장지에 각자의 본성을 숨긴다. 이것을 각자의 마음에 대입해보면 결코 부정하지 못할 것이다.

따라서 각자의 업의 유통기한에 따라 사랑, 행복이라는 포장지가 거두어지게 되면 비로소 자신의 본성을 가렸던 그 포장지가 벗어지게 되면서 각자의 업의 본성이 나오고, 그 사이에 태어난 자식은 졸지에 '업둥이'가 되어 버린다. 그래서 자식은 사랑의 씨앗이 아니라 각자의 업연에 따라 태어나는 결과물인 업둥이라고 해야 이치에 맞는 말이 된다.

업의 정도 차이만 다 다를 뿐이며 각자의 그 마음속에는 이처럼 엄청난 자신의 본성이 잠재해 있으나, 우리는 '나'라는 가식된 마음으로 그 업을 포장하고 살아가고 있다. 따라서 누가 누구를 사랑하고 행복해지고 싶다고 말한다면, 이것은 업(業)의 시작을 알리는 신호가 되는 것이고, 이 개념으로 영원한 사랑, 행복이라는 것은 나의 본성을 감추기 위한 것에 불과하므로 이 세상에서 존재할 수 없는 포장지에 불과한 것이라고 해야 이치에 맞는 말이 된다.

아이와 천사

　사람들은 아기가 태어나면 천사(天使)라는 말을 한다. 그러다 그 자식이 자라면서 천사의 모습은 어느새 사라져버리게 되므로 일반적으로 말하는 천사는 진리적으로 존재하지 않으며 천사의 정의는 '이치에 맞는 말을 하는 자'라고 해야 맞는 말이 되고, 반대로 악마(惡魔)라고 하는 것은 이치에 맞지 않는 말을 하는 자라고 해야 맞다. 그 이유는 이치에 맞는 말을 하는 자는 인간의 의식을 깨어나게 하지만, 이치에 맞지 않는 말은 인간의 의식을 흐리게 하기 때문에 그렇다.

　그렇다면 이 개념상에서 천사의 목소리, 악마의 목소리는 무엇인가? 그것은 바로 인간의 입에서 나오는 말 중에 이치에 맞는 말은 천사의 목소리이며, 이치에 맞지 않는 말은 악마의 목소리가 되는 것이다. 따라서 천사의 행동, 악마의 행동 그것은 무엇인가? 그것은 바로 인간의 행동을 보면 알 수 있다. 이치에 맞는 행동은 천사의 행동이고, 이치에 맞지 않는 행동은 악마의 행동이다. 이와 같이 업이 있으므로 그 업에 맞는 인간이 존재하는 이 세상은 악마의 소굴이다. 이 현실에 모든 것이 다 드러나 있으므로 일반적으로 말하는 그 천사라는 것은 진리적으로는 존재하지 않고 종교 사상 속에서만 존재하는 것이다. 따라서 지금 나 자신은 악마의 말과 행동을 하고 있는가, 이치에 맞는 말과 행동을 하고 있는가를 심각하게 되돌아봐야 할 것이다.

#15

마음의 가치와 지혜

　과거 인간은 지혜(智慧)로 세상을 살았지만, 이 시대는 지식(知識)으로 살아간다. 따라서 종교는 지적설계론에 의해 지혜(智慧)를 말하려고 하지만 이것은 이치에 맞지 않다. 지식이란 물질 개념이므로 이것으로 비물질인 지혜라는 것을 논할 수는 없는 것이다. 따라서 마음공부에서 진리이치를 알아가는 것은 머리로 계산(지식)하는 것이 아니고 머리로 생각하고 의식으로 옳고 그름을 판단하여 이치에 맞는 그것을 마음으로 받아들이고 그 마음의 행을 하므로 지혜가 생기며 나 자신의 이치는 바뀌는 것이다. 따라서 마음공부라는 것은 지식(知識)을 얻고자 함이 아니라 깨어난 의식이 있어야만 지혜(智慧)라는 것을 얻을 수 있는 것이다.

　그러므로 '마음의 가치'라는 것은 내가 이치에 맞는 행동을 하고 난 후 마음으로 느낄 수 있는 것이다. 따라서 이치에 맞지 않는 마음으로 행동해봐야 남는 것은 괴로움이고, 이치에 맞는 행동을 하므로 남는 것은 마음에 편안함이므로 이때 나 자신은 인간으로서의 진정한 삶의 가치를 느끼는 것이다. 이처럼 '인간이 가진 마음의 가치'라는 것은 스스로가 이치에 맞는 행을 했을 때, 그 마음으로 삶의 가치를 느끼게 되고 얻어지는 것이라고 해야 맞는 말이 된다. 따라서 이치에 맞지 않는 행을 하면서, 그 마음으로 인생의 가치를 논하고, 누구나 상식으로 혹은 지식으로 말할 수 있는 보편적인 말로 삶의 의미를 말하고 인생이라는 것을 논해봐야 남는 것은 허무한 마음에 괴로움만 남을 것이다.

업과 존재 이유

사람은 누구에게나 각자의 족쇄가 있다. 그 이유는 각자의 업이 존재하는 것이므로 그 업이 나의 족쇄가 되는 것이다. 그리고 그 업으로 존재하는 인간은 그 업의 흔적을 '내 마음'이라고 생각하고 살아간다. 그러므로 사람은 누구나 '나'라는 허상의 마음을 가지고 있으며, 그 허상의 마음에 끌리는 것을 '내 것'이라고 움켜쥔다. 그러나 내 것이라고 생각하는 것은 나의 본성에 따라 나타나는 것이므로 내 것이 아닐 수 있지만 어리석은 사람들은 이것을 알지 못하고 움켜쥔다.

하지만 그것은 내 마음에 흔적으로 남아 내 마음에 씨앗으로 자라나며, 결국 나를 다시 괴로운 윤회에 들게 한다. 그러나 이러한 이치는 스스로가 절대 알지 못하므로 끊을 수 없는 족쇄임을 알라. 따라서 내 마음의 족쇄는 그 누가, 어떤 대상이나 존재가 나를 구속한 것이 아니라 나 스스로가 채운 것이므로 그 누구를 원망할 이유는 하나도 없는 것이다.

마장과 빙의

사람들이 '마장(魔障)'이 끼었다는 말을 한다. 이 마장이라고 느끼는 장애는 내가 전생에 지은 나 자신의 업에 의해 죽은 사람이 나에게 영향을 주는 것이고, 이것이 결국 자업자득, 인과응보에 따른 내 마음의 응어리가 된다. 그러므로 이 마장을 없애는 것이 업을 소멸하는 것이라고 해야 이치에 맞는 말이 된다. 따라서 마장(빙의)의 장애를 없애는 방법은 나 자신의 의식에 달려 있는 것이고, 이것을 푸는 방법은 응어리진 그 마음을 해소하는 것이라고 해야 이치에 맞는 말이 된다.

하지만 불교는 이 마장의 원인을 알지 못하고 사상적으로 "여섯(육근) 감각에서 하나를 선택하여 어느 한 감각의 매듭이 풀리면 여섯 매듭이 동시에 풀린다. 이같이 하면 온갖 허망한 것이 없어지고, 깨달음을 얻으며 참된 것이다"라고 말하지만, 이것은 대단한 착각이다. 내가 말하는 매듭이란 '내 업에 의해 스스로가 만든 응어리진 마음'이므로 이 마음을 풀면 매듭, 괴로움(업)은 눈이 녹듯이 사라진다고 나는 말했다. 따라서 어떤 말이 이치에 맞는가를 정립하는 것은 각자의 의식에 따른 스스로의 몫이다.

따라서 내가 이생에 존재하는 것은 나의 매듭(업. 굳어진 마음)이 있어서이고. 그 매듭에 따라 인생을 사는 것이 전부다. 나 자신이 이생에 존재하는 이유는 그 매듭을 풀기 위해 존재하는 것뿐이고 내가 잘나서 우월해서 존재하는 것이 아니므로 이생에 내가 그 매듭을 어떻게 풀어가는가에 따라 내일, 모레, 다음 생, 내가 풀어야 할 매듭(흔적)으로 남게 될 뿐이다. 그래서 나는 그 매듭(흔적)에 따라 만나는 것을 업연(業緣)이라고 말한 것이고, 존재의 이유는 이생에 내가 이 매듭을 어떻게 풀 것인가의 문제만 남는다. 그러므로 빙의가 되어 나에게 영향을 주는 것은 이 마음 작용만 알면 얼마든지 쉽게 해결할 수 있는 것이다.

18

고통, 괴로움 줄이는 방법

인간은 자신이 어리석음에도 스스로가 어리석음을 인식하지 못하고 살아간다. 이것을 무명(無明)이라고 하는 것이다. 어리석은 자는 '진리'라는 것을 내 관념, 주관으로 조각하여 사상으로 내 관념에 끌어들여 진리를 이용하는 자이며, 현명한 자는 진리이치에 순응하고 따르는 자이다. 따라서 어리석은 자는 자신들이 하는 말이 이치에 맞는 말인가 아닌가도 모르면서 그것을 진리의 말이라고 하고, 돈으로 잣대질하여 팔고 사는 사람들이며, 깨달은 자는 진리이치에 맞는 말을 하고 그것을 법(法)이라고 말한다.

그러므로 마음이라는 것의 본질을 모르면 진리이치를 말할 수 없다. 그래서 다 같은 마음을 가진 인간은 같은 침상에서도 서로 다른 것을 꿈꾸고, 겉으로는 같이 행동을 하면서도 속으로는 서로 다른 생각을 하며, 딴마음을 품는다. 몸은 함께 살면서 서로 다른 생각을 하는 것이며 이것은 제각각 마음(업)이 다르기 때문이고 마음을 알면 왜 이 같은 현상이 일어나는가를 매우 쉽게 알 수 있는 것이다.

이같이 진리적으로 각자의 참나 이치를 알면 그 사람이 왜 존재하는가의 이유를 쉽게 알 수 있는 것이다. 그래서 이치에 맞지 않는 말과 행동은 사람의 의식을 흐리게 하여 무의식에 빠지게 한다. 그러나 사람들은 다들 자신이 하는 말과 행동이 이치에 맞는 말인 줄 알고 무수한 말을 하는 것이 문제다. 그러므로 내 말과 행동을 이치에 맞게 고쳐가는 것이 괴로움, 고통을 줄여가는 방법이며, 이것이 업장소멸(業障消滅)의 길이다. 또한, 마음공부의 정석이고, 지혜를 얻는 방법이며, 깨달음을 얻는 유일무이(唯一無二)한 길임을 알아야 한다.

본성(本性)과 근본(根本)

사람에게는 각자가 좋아하는 색(色)이 있다고 말한다. 그래서 옷을 사기 위해 색과 모양이라는 것을 보고 고른다. 왜 그럴까? 이 것은 전생에 각자가 지은 업과 밀접한 관련이 있어서다. 그래서 업이 있어 존재하는 인간은 각자의 관념이 있고, 이 관념으로 사람은 누구에게나 자신에게 어울리고 맞는 옷이 있다. 따라서 아무리 비싼 옷이라고 해도 그것이 자신에게 어울리지 않는다면 돼지 목에 금목걸이를 하는 것과 같은 것이다. 이 말은 사람에게는 제각 각 타고난 본성(本性)과 근본(根本)이라는 것이 있고 이것은 각자가 지은 업에 따른 그 이치가 있다는 말이므로 그 이치에 벗어난 것을 찾는 것은 어리석음이 된다는 뜻이다. 그러나 우리는 분수(각자의 업에 따른 삶)에 맞지 않게 살기 때문에 그 흔적은 업이 되어 이치에 따라 윤회를 하는 것이고, 그것은 또 다른 흔적이 되어 괴로움으로 다가온다.

그러므로 인간은 그 업의 흔적이 항상 자신의 곁을 떠나지 않으므로 괴로움의 윤회를 벗어나지 못하는 것이다. 따라서 나 자신에게 뭔가의 괴로움이 있다면 반드시 그 괴로움에 대한 원인이 있다는 것이고, 원인을 알면 답은 쉽게 찾을 수 있다 할 것이다. 그래서 어떤 사람이 어떠한 색과 옷을 마음에 들어 한다면 반드시 그것은 자신의 본성과 밀접한 관련이 있으므로 각자의 마음은 이미 밖으로 다 드러나 있다고 해야 이치에 맞는 말이 된다.

20

운명 바꾸는 법

사람들은 자신의 운명(運命)을 바꾸고자 하는 사람이 있고, 반대로 현재의 그 운명이 좋다는 사람도 있다. 이처럼 같은 말을 두고도 내가 어떠한 환경에 있는가에 따라 이 운명(運命)이라는 것을 다다르게 해석한다. 따라서 사람은 누구나 타고난 본성(本性)이라는 것이 있다. 누구나 각자의 업에 따른 그 본성의 행동을 하고 살지만 정작 자신의 그 운명에 대한 본질은 모르고 살아간다. 그리고 어리석게 타성에 젖어 '그 무엇이 내가 원하는 것을 이루게 해줄 것이다'라는 관념으로 그 어떠한 대상에게 내 마음을 꺼둘려 살아간다. 그러나 이것은 진리이치에 맞지 않음으로 이 같은 마음을 버리지 못하면 결국 영겁(永劫)의 세월이 가도 결코 자신의 운명과 내 삶의 이치는 바뀌지 않는다.

그러므로 나는 "살아 있는 말(활구, 活句)은 이치(理致)에 맞는 말이며, 죽어 있는 말(사구, 死句)은 이치(理致)에 맞지 않는 말이다"라고 한 것이고, 활구를 통해서 지혜를 얻게 될 것이고, 죽은 사구를 통해 무엇을 얻으려고 한다면 나의 의식만 흐려질 것이고, 마음에 병(病, 괴로움)만 커질 것이다. 문제는 무엇이 사구인가, 활구인가

를 분별하는 것은 오로지 자신의 의식(意識)이 얼마나 깨어 있는가
에 달려 있다. 어리석은 자는 사구의 말을 구분하고 따를 것이고,
의식있는 자, 깨어 있는 자는 활구의 말을 믿고 따를 것이다.

21

마음(心)과 나(我)

인간이 세상에 존재하는 이유는 '참나'라고 하는 진리적 기운이 있어서이다. 지구 위에 모든 생명체는 이 진리라는 기운(자연 기운) 속에 살고 있다. 인간은 육신이 있으므로 이 기운을 인지하는 기능이 있으며 이것을 '내 마음'이라고 인식한다. 하지만 이 기능은 죽으면 사라지는 것이고 참나라고 하는 무의식(無意識)의 기운만 남는다. 그러나 살아 있으므로 인지하는 마음인 '나'라고 하는 이것을 나는 아상(我相)이라고 했고, 사람은 이것을 '내 마음'이라고 인지하고 살아가고 있을 뿐이다. 따라서 '내 마음'이라고 인식하는 이 마음은 내가 죽으면 인지하지 못하고, 무의식(참나, 진리의 기운)으로만 남고 이 무의식의 마음이 다른 사람에게 영향을 주는 것을 빙의 현상(업장)이라고 하는 것이다.

따라서 '참나'라는 이 기운은 그대로 여여자연하게 영구하게 존재하지만, 육신이 살아 있음으로써 '나'라는 상의 마음을 인지하고, 죽으면 의식이 없으므로 나라는 것을 인지하지 못한다. 그러므로 몸이 있으면 의식과 무의식이 함께 공존하지만 죽으면 무의식(참나의 기운)으로만 남고 이 참나가 인(因)이 되고, 참나 속에 있는 흔적이 과(果)가 되어 나는 다시 그 이치에 따라 태어나는 것뿐이다. 이것이 인과(因果)의 정석이다. 다시 말하면 우리가 내 마음, '나'라고 인식하는 것은 진리 기운(자연) 속에 존재하는 인간이기에 이같이 진리적으로 존재하는 무의식의 기운을 육신이 있으므로 있는 '의식'인 '나'라고 인식할 뿐이고 이것은 마치 깜깜한 방에 불을 켜고 끄는 것과 같은 이치다.

그러므로 몸이 있어서 인지하는 기운은 자업자득, 인과응보의 이치에 따른 나(참나)의 기운이며, 우리는 자업자득, 인과응보 그 이치대로 살고 있을 뿐이며 이것을 바로 운명(運命), 또는 본성(本性)이라고 하는 것이다. 문제는 우리가 인지하고 있는 이 기운(마음)은 참나의 것일 수도 있고, 내 것이 아닌 다른 것(기운)일 수 있다는 점이다. 다시 말하면, 윤회에 들지 못한 다른 사람의 '참나-마음'일 수 있다는 것이며 이것이 바로 빙의(업장)의 개념이다. 따라서 이 무의식의 기운이 어떻게 작용하는가에 따라 인간은 무의식에 빠진 행동을 할 수 있고, 이것은 정신병(조현병) 등과 같이 개개인의 업에 따라 무수한 현상으로 나타나게 된다. 따라서 이러한 현상은 물질 개념으로 치료되는 것이 아니라 오로지 이치를 깨달은 자의 마음(상이 없는 마음)으로만 치료가 가능하다 할 것이다.

22

마음의 허상

  인간이 몸이 있으므로 인식하는 '나'라고 하는 이 마음은 내 업에 의한 허상(상, 相)이므로 이 마음 대부분은 가식적인 상의 마음이고 이 허상의 마음(기운)이 벗어지면 본 참나의 마음이 드러나게 된다. 따라서 나를 존재하게 한 근본은 진리 속에 사는 생명체이므로 진리의 기운(무의식, 참나의 기운)을 인지하는 것이고, 스스로가 내 마음이 나의 참나의 것인지 아닌지를 모르기 때문이다. 따라서 내가 지은 자업자득의 이치에 따라, 무의식의 기운도 그 이치에 따라 존재하는데, 우리는 그것을 모두 '내 마음'이라고 인식하는 것이고 이같이 허상된 마음을 고쳐가는 것이 마음공부의 정석이다.

  따라서 이 '나'라고 인식하는 허상의 마음은 내가 죽음으로써 인식하는 기능이 없으므로 '나'라는 것은 인식하지 못하고 무의식의 기운으로 존재하는 것이다. 결국, 육신의 '나'는 사라지지만, 나를 존재하게 한 나의 근본 '참나-진리의 기운-무의식'은 영구불멸하게 존재한다고 해야 이치에 맞는 말이 된다. 그러므로 진리 속에 사는 인간은 내 몸이 있으므로 '나'라고 하는 것을 의식하고, 내 마음을 인식하지만, 내가 죽으면 육신의 의식이 사라지므로 인식하는 기능도 동시에 사라지며, 결국 무의식의 기운만 이 지구의 자연 속에 남게 된다. 긴 세월 죽어간 무수한 인간도 이 무의식의 기운으로 이 자연 속 각자의 그 업에 따라 기운으로 존재하고 있으므로 인간으로 태어나 인생을 살다간 사람의 참나를 알면 그가 어떻게 존재했던 인물이고 무엇을 했던 사람인가를 아는 것은 매우 쉽다.

그러므로 생명체는 몸만 있고, 없고의 차이만 있을 뿐이고, 진리적으로 나는 영구 불멸하게 참나(진리의 기운)로 존재한다. 이같이 마음의 근본(참나의 기운)을 알면 이 세상에 인간(생명체)으로 살다간 자의 모든 근본(根本)을 다 알 수 있기 때문에 생명체의 본질(존재의 이유)은 쉽게 알 수 있다. 따라서 과거 무수하게 죽어간 그들은 어떤 윤회 속에 어떠한 옷을 입고, 어떤 환경에서 어떤 마음으로 오늘도 고단한 연기(演技)를 하는 배우(俳優)가 되어 있는가는 쉽게 알게 된다. 이와 같이 모든 생명체는 전생(前生)의 연기를 이생에 그 이치대로 하고 있을 뿐이고 이것을 바꾸어가는 것은 오로지 나의 의식으로 옳고 그름을 분별하고 이치에 맞는 마음으로 하는 행동의 결과에 운명(運命)이 달려 있을 뿐이다.

나와 참나

지구상에 존재하는 모든 생명체(유정물)는 모두 '무의식(비물질-
참나)'의 기운을 기반으로 존재한다. 따라서 나의 참나라는 기운은
각자의 자업자득, 인과응보의 이치에 따라 생명체(인간)로 다시 몸
을 받는다. 인간은 육신이 생기면, 다시 '나'라는 의식이 생겨나지
만 동물은 이 '나'라고 하는 상이 없으므로 인간과는 다르게 참나
의 이치와 제각각의 동물에 맞는 본성으로 살아가는 것이다. 그런
데 인간은 동물과 다르게 '나'라는 아상(我相)이 생겨나고, 이것을
인간은 '내 마음'이라고 인지하고 고집하며 한 생을 살다가 육신이
죽으면, 다시 무의식의 기운으로 존재하게 되므로 이것이 반복되
는 것이 윤회의 정석이다. 결국, 몸만 있고 없고의 차이만 있을 뿐
이고, 나의 본질인 이 무의식의 기운(참나)은 영구히 사라지지 않
는다.

따라서 인간은 이 참나(기운)의 마음이 나의 근본이 되고, 그 이
치에 따라 각각의 본성(성품)이 형성된다. 이같이 진리이치에 따른
마음(기운)을 바탕으로 하여 인간은 그것을 '나'라고 고집하며 허상
의 삶을 살고 있을 뿐이다. 그러므로 이 '참나'라는 근본의 기운은

누구나 다 영향을 받고 살아가고 있지만, 문제는 이처럼 작용하는 근본된 바탕을 스스로 모르고 살뿐이다. 각자의 본성(本性)에 따른 무의식의 행동을 스스로가 다 하고 있으므로 이것을 타고난 각자의 본성(운명)이라고 해야 이치에 맞는 말이 된다. 인간 스스로가 이 같은 자신의 본성을 알고, 그 마음을 이치에 맞게 고치기란 매우 어려운 것이고 이 이치를 스스로가 아는 것이 '나를 알자'의 정석이다. 그러나 어리석게 우리는 하나의 '나'만을 이야기하고 있으므로 정작 중요한 생명체의 본질은 이 세상 누구도 말하지 못하고 있는데 참으로 안타까운 일이라 할 것이다.

이 세상 사람들의 몸과 마음 살아가는 환경이 다 다른 이유는 자업자득, 인과응보의 이치에 따라 제각각 형성된 그 본성(本性)이 다르고, 본성이 다르다는 것은 태초(윤회가 아닌 것)에 태어난 환경에 의해 초기에 만들어진 제각각의 업(業)이 다 다르다는 것을 의미한다. 따라서 지금 나의 몸과 마음, 환경은 이같이 태초에 내가 태어난 나의 흔적에 따라 존재하고, 이생에 어떠한 마음을 만들었는가에 따라 다음 생의 나의 몸과 마음 환경은 이것을 기반으로 형성되므로 지금의 나는 전생 흔적의 결과다. 이것이 인과(因果)의 이치이며, 생명체로 존재하고 인간으로 윤회하는 근본 이유다. 그러므로 지금의 나는 전생의 그 이치대로 존재하는 것뿐이므로 이 같은 운명을 바꾸어갈 수 있는 것은 오로지 각자의 의식(意識)에 달려 있을 뿐이다.

그러므로 이생에 존재하는 나는 전생에 내가 만든 그 자업자득·인과응보에 따른 흔적이며, 그 흔적으로 나는 그 이치에 맞게 이생에 존재하므로 전생에 그 흔적을 이생에 어떻게 지우고 이생에 어떻게 나의 흔적을 만들어가는가에 따라 내일, 모레, 다음 생의 내 몸과 마음은 이 흔적으로 나는 또 다시 형성될 것이다. '나'라는 존재는 이 같은 진리이치에 따른 자업자득, 인과응보의 결과인 연기자(演技者)로서 나에게 주어진 그 역할의 연기를 이생에서 하고 있을 뿐이다. 그러므로 이생에 내가 어떤 연기를 하는가에 따라 다음 생 나의 배역은 주어질 뿐이고, 이 같은 진리 작용을 자업자득·인과응보의 이치라고 하는 것이며, 이 같은 생명체의 흐름 과정을 나는 진리이치(자연의 섭리), 이치에 맞는 말인 법(法)이라고 말하고 있을 뿐이다.

현명함과 어리석음

어리석은 사람은 보이는 물질과 가식된 그 사람의 말을 사랑, 행복이라고 느끼며 자신의 몸과 마음이 불나방처럼 무의식 속에 빠져 모든 것을 다 주어버린다. 이것은 마치 불나방이 불만 보고 그 불 속으로 뛰어들어가는 것과 같은데 이 안에는 각자의 업이 작용하고 있으므로 그렇다. 그러나 이치를 알고 있는 현명한 자는 그 상대의 본성을 알므로 무의식으로 내 마음을 내어 주지 않는다. 세상에는 무수한 말이 있다. 현명한 자는 그 말에 옥석(玉石)을 가릴 줄 알고 보배로운 말이 무엇인가를 알고 그 말에 자신의 마음을 온전히 내어 줄줄 아는 사람으로 의식이 깨어 있는 사람이다. 지혜가 있는 사람이고, 현명한 사람이며 진정으로 마음을 잘 쓰고 인생을 사는 사람이라고 해야 이치에 맞는 말이 된다.

따라서 똑같은 시간을 살지만, 어떤 것에 마음을 의지하는가에 따라 그 시간의 의미는 달라진다. 그러므로 이 시간이라는 것은 어떤 식(형태)으로든지 인간의 마음을 길들인다. 그래서 오늘에 존재하는 나는 과거의 시간에 길들여진 것으로, 나는 이 세상 내가 만든 그 시간의 흔적으로 내일모레 나는 존재하게 된다. 이 세상 우리는 모두 다 같은 시간 속에 살지만, 이 시간을 어떻게 사용하는가에 따라 미래의 나의 모습은 그 이치에 맞게 또다시 지금처럼 나에게 주어질 것이다. 누구나 다 사용하는 이 시간, 지금 나는 어떤 시간을 어디에 어떻게 쪼개어 쓰고 있는가를 되돌아봐야 할 것이다.

그러므로 보통 사람이 쪼개어 쓰는 그 시간은 각자가 생각하는 마음이 통하는 사람, 마음이 맞다는 사람에게 말을 하고 서로는 그것을 사랑, 행복이라는 말로 합리화하고 살지만, 그러나 그것은 상대와 나의 업연의 이치(동업의 개념)가 같으므로 육신의 마음인 내가 이같이 사랑, 행복으로 그 업을 인식하고 시간을 보내는 것뿐이다. 따라서 그 업의 이치와 인연의 관계가 어떤 것인가에 따라 나의 인생(운명)의 길은 달라지므로 마음이 통하고, 마음이 맞는다는 것은 업의 유통기한이 시작됨을 알리는 것에 불과하다는 것을 알아야 한다.

반대로 마음이 없다, 가지 않는다는 것은 업연의 고리가 끊어져 가고 있음을 의미하는 것이다. 결국, 마음이 통하는 것은 상대와 이치에 맞는 마음이라서 통하는 것이 아니라, 그 상대와의 업(業)의 연결고리가 같다는 것을 의미할 뿐이며, 그 매듭을 풀기 위해 우리는 상대를 만나는 것이 전부이고, 이 업에 따라 부부로, 자

식이라는 관계로 만나며, 따라서 이 개념으로 나와 가까운 인연일
수록 그 업연의 고리가 크다 할 것이다. 이것을 우리는 사랑, 행복
이라는 가식된 말로 포장하는 것뿐이며, 이것이 바로 우리가 마음
이라고 말하는 아상(我相)이라고 하는 것이다. 하지만 어리석은 인
간은 사랑, 행복이라는 말로 가식을 합리화하고 어리석게 그 속에
파묻혀 무의식(無意識)이 되어 버린다. 그래서 사랑, 행복이라는 것
은 인간의 감성을 자극하는 말인 애욕(愛慾)이라고 하는 것이다. 같
은 시간을 보내더라도 누구와 어떤 시간을 보내는가는 매우 중요
하다 할 것이다.

마음과 미련

오늘 내 마음의 어떤 대상에게 어떠한 미련이 남아 있다면, 아직도 내가 그것과 풀어야 할 것이 혹은 그 상대와 매듭을 지어야 할 업연(業緣)의 연결 고리가 남아 있음을 의미한다. 따라서 내 마음에 그것에 대한 미련이 없어지면, 비로소 내 마음에 그 흔적을 남기지 않게 되므로 괴로움(흔적)은 줄어들며 지워지게 된다. 이것이 바로 마음의 흔적으로 나타나는 업(業)의 시작과 끝의 개념이다. 그러므로 이 시간 오늘을 사는 우리는 어떤 것에 미련을 두고 사는가를 되돌아봐야 할 것이다. 따라서 내 마음에 흔적을 지우는 것은 내 업(괴로움)을 지우는 것이고 내 마음에 어떠한 미련(흔적)을 남기지 않으므로 인간은 긴 윤회에서 벗어나는 해탈(解脫)이라는 것을 하는 것이다.

다만, 내 마음에 미련(흔적)이 이치에 맞는 것인가 아닌가를 분별하고 이치에 맞게 마음을 정립하면 그 마음의 흔적(괴로움)은 자연스럽게 지워진다. 이것을 스스로의 의식으로 정립하지 못하고 인생을 살면 그것은 나를 포기하는 것이고, 이때 무의식의 기운(빙의)은 얼마든지 나에게 영향을 주게 된다. 그러므로 내가 어떠한 의식으로 그 미련(흔적)을 지웠는가에 따라 나는 그 흔적으로 오늘 내일의 인생을 살아가고, 결국 또다시 그 흔적으로 다른 모습으로 윤회를 하여 그 흔적에 맞게 태어나는 것이며 이것이 '진리의 이치'일 뿐이다.

144

인간의 본성(本性)

인간은 누구나 업이 있으므로 업에 따른 본성을 가지고 있다. 따라서 어떠한 대상을 보고 내 마음에 든다 끌린다고 하면, 이것은 그 상대(대상)와 풀어야 할 나의 본성(本性) 속에 업연의 고리(흔적)가 있기 때문이다. 이러한 업(業)의 작용은 소리 없이 무의식으로 찾아와 내 마음을 움직이게 하고 그 행동을 본인도 인지하지 못하는 사이에 다 한다. 인간은 어리석게 그것을 사랑, 행복의 포장지로 자신의 본성을 감추고 무의식으로 합리화하고 있지만, 이 것을 스스로가 인지하지 못하고 살아간다.

그러다 사랑, 행복이라는 그 포장지가 벗겨지면 각자의 본성(本性)은 그대로 드러나게 되어 있다. 따라서 내가 사랑, 행복이라고 말했던 그 마음은 업의 유통기한에 따라 소리 없이 사라지고 자신의 본성에 따른 흔적만 남지만, 이것을 스스로가 알지 못하고 인간은 결국 자신이 만든 그 본성의 행동을 무의식으로 하고 살아가기에 괴로움의 윤회를 벗어나지 못하고 있는 것이다. 그러므로 각자의 본성을 스스로 알면 이치에 벗어난 행위가 무엇인가를 알고, 나 스스로가 왜 존재하는가를 알 수 있는 것이다.

천사(天使)와 부처(佛)

종교에서 '인간은 모두가 부처다'라고 하는 말, 또 한쪽에서 인간은 모두 '천사'라고 하는 말을 한다. 이 말대로면 세상은 온통 부처, 천사투성이가 되어 있어야 하는데 현실은 어떤가? 그래서 어리석은 사람들은 인간이면 당연하게 인간으로서의 기본의 행을 한 것에 대하여 사상적으로 부처, 천사라고 거대한 포장지를 씌운다. 인간이면 당연하게 인간의 기본인 그 도리에 불과한 말과 행동에 대하여 한편에서는 이것을 '천사의 행동'이라 하고, 다른 한쪽에서 이것을 '부처의 행동'이라고 사상으로 거창하게 그 이름을 지었다. 여기에 더해 이에 대한 무수한 말들을 사상적으로 만들어내고 있을 뿐이므로 사상적으로 만들어진 이 부처, 천사라는 말은 진리적으로 존재할 수 없는 말이다.

천사, 부처에 대한 정의는 '이치에 맞는 언행을 하는 인간'이 부처이며, 천사가 되는 것이다. 그러므로 일반적으로 말하는 천사, 부처라는 대상은 진리적으로는 존재하지 않는다. 그 이유는 모든 생명체는 업(業)이 있어 생명체로 태어나기 때문이고, 생명체로 태어났다는 것은 인간의 도리를 다하지 못하여, 진리이치에 벗어난 그 행동으로 인해 그 이치에 따라 존재하는 것이므로 업이 있어 태어나는 인간은 천사, 부처라고 말할 수가 없다는 것이다.

28

인간평등(人間平等)의 정의

사람들은 다 같은 인간의 모습을 하고 있으므로 모든 인간은 다 평등하다는 말을 한다. 그러나 이것은 물질이치에서 다 같은 인간의 형태를 하고 있어서 단편적으로 하는 말일 뿐이다. 진리적으로 태초에 형성된 그 마음(본성)이 다 다르기 때문에 인간은 진리적으로 결코 평등하지 않으며 다만 인간이라는 그 모습만 같을 뿐이므로 이것을 이해하기 위해서 반드시 물질이치, 진리이치 이 두 가지 개념을 정립해야만 한다. 따라서 일반적으로 인간평등(人間平等)이라고 하는 말은 진리이치를 모르고 단편적인 사상으로 한 말이기 때문에 잘못된 말이다. 그러므로 진리적으로 인간은 마음이 다 다르므로 절대 평등하지 않고 다만 그 모습만으로 보면 평등하다는 것이 진리이치에 맞는 말이 된다.

그래서 인간의 마음이 다 다르기 때문에 똑같은 사람은 없다. 똑같은 그릇(마음)은 없다고 해야 이치에 맞는 말이 된다. 그런데 어리석은 사람은 내 마음(토양)이 다 같은 줄 착각을 하고 살아간다. 따라서 마음이 다 다르므로 내 마음 그릇을 먼저 만들지 않고 그 마음 그릇에 뭔가를 담으려고 남의 그릇을 보고 흉내를 내고 살아간다. 그리고 그 열매(꿈, 희망)만을 생각하고, 달콤하게 그 열매를 먹을 꿈을 꾼다. 그러나 지혜(현명함)가 있는 자는 내 마음 (그릇, 토양)을 먼저 이치에 맞게 만들어 가며 때를 기다린다. 이것이 인내의 정의이며 이 과정을 마음공부의 수행이라고 하는 것이다. 인간의 모습은 비슷하지만 그 마음은 다 다름을 알아야 비로소 인간평등(人間平等)이 무엇인가를 알게 되는 것이다.

사람은 각자에게 맞는 옷(타고난 운명)이 있다. 그러나 어리석은 사람은 무엇이 자신에게 맞는 옷인가를 모른다. 하지만 내 몸에 맞는 옷이 뭔가를 아는 사람이 지혜로운 자이고 현명한 자이다. 지혜가 있는 자는 자신에게 맞는 옷이 무엇인지를 먼저 알려고 한다. 나에게 맞지 않는 옷을 입으면 그것은 괴로움, 고통이 되고 나에게 맞는 옷은 내 마음에 편안함을 줄 것이다. 나에게 맞는 옷, 이것이 괴로움을 없애는 방법이고 긴 윤회(괴로움)의 늪에서 벗어나는 유일한 방법이다. 오늘 나는 어떤 옷을 찾아 방황하고 어떤 옷을 고르고 입으려 하는가. 내 자신의 마음 그릇을 알고 그것에 맞게 맞추어 살아가는 것이 현명한 자의 삶이다.

옷과 포장지

사람은 이 세상에 태어나면서 자신에게 맞는 옷이 있다. 그러나 어리석은 사람은 보이는 육신(마음의 때, 흔적)을 가리기 위해 옷이라는 것으로 마음의 때(흔적)를 감추려고 그 몸을 포장하고 남에게 숨긴다. 그러므로 상(相)이 큰 사람일수록 능력도 되지 않으면서 화려하고 비싼 옷(포장지)을 찾고, 보이는 그 옷(물질)으로 수시로 자신을 변화시킨다. 이것은 결국 자신의 흔적을 가리고 각자의 본성을 치장하는 것에 불과하다. 그러나 현명한 자는 육신을 가리는 포장지를 먼저 찾는 것이 아니라, 보이지 않는 마음의 때를 먼저 벗기기 위해 진리라는 것을 찾는다.

마음의 때를 벗기면 흔적(때)은 자연스럽게 없어지므로 옷(물질)이라는 것으로 나라는 상(相)을 가릴 필요가 없게 되는 것이며 따라서 그 허상의 옷은 나에게 거추장스럽게 느껴지기 때문에 그러한 것(가식)으로 보이는 내 몸이라는 물질을 먼저 포장하지 않는다. 이것은 진리이치를 알면 물질의 그 옷은 아무런 의미가 없다는 것을 알기 때문이다. 인간이 결혼을 할 때 온갖 것으로 몸을 치장하는 이유는 마음의 흔적(때, 흠결)을 최대한 포장하기 위해서라고 해야 이치에 맞는 말이 된다.

세상에 존재하는 생명체는 모두 그 마음에 얼룩진 하자(흔적)가 있기 마련이고 문제는 스스로가 그 하자가 어떤 것인가를 모르고 살지만, 하자(흔적)의 종류만 다르다는 것을 알아야 한다. 이같이 흔적(업)이 있는 생명체의 처지에서 모두가 부처, 천사라고 하는 것은 진리적으로나 현실적으로 애당초 존재할 수 없는 말이다. 따라서 이 생에 의식 있는 인간으로 존재하는 입장에서 나 자신의 하자를 스스로 알고 얼마나 보수공사를 하는가에 따라 다음 생에 그것에 맞는 집을 가지고 살아가게 되는 것이다.

업이 있어 존재하는 입장에서 하자(흔적)가 없는 온전한 집을 가지고 사는 사람이 없다 할 것이고, 반대로 흠결이 없다면 이 세상에 존재해야 하는 하등에 이유가 없는 것이다. '나를 알자'라는 것은 이같이 내 마음에 하자(흔적)를 알고 얼마나 진리이치에 맞는 보수공사를 하는가에 따라 이생에 그에 맞는 내 집이 만들어지고 지어진 그 집에 머물 수 있는 것이 전부이며 그 집의 이치대로 나는 다시 존재할 뿐이다. 그러므로 내 집의 하자는 나 스스로 고쳐가는 것이고, 내 마음에 하자(흔적)는 어떤 존재나 대상이 고쳐주지 않는다는 것이 진리적 입장일 뿐이다.

업 소멸과 단죄(斷罪)

사람에게는 누구나 차이는 있겠지만 괴로움이라는 것이 다 있다. 그러므로 업을 끊는다는 입장에서 단죄(斷罪)를 해야 한다는 말을 할 수 있는데 이것은 그 누가 나의 죄를 대신해서 끊어주는 것이 아니라 나의 의식으로 옳고 그름을 분별하고 그에 맞는 마음으로 이치에 맞는 행위를 함으로써 나 스스로가 단죄(斷罪)할 수 있을 뿐이다. 그러므로 이치에 맞지 않는 행위는 업(죄)이 되는 것이고, 그 벌(업)로 나는 지금과 같은 생명체로 그 벌(업)의 환경에 맞게 존재하는 것이므로 이 같은 진리(자연)의 이치를 알고, 나 스스로가 이치에 맞는 행을 하면 비로소 단죄(斷罪)되는 것(업, 괴로움의 소멸)이 진리이치일 뿐이다.

나의 의식이 뚜렷하지 못하면 누가 내 죄를 단죄해주고 대신하는 것으로 알지만 그것은 대단한 착각이며, 지금 나에게 어떠한 괴로움이 있다면 그것은 나의 의식에 문제가 있다는 것을 의미한다. 따라서 '자업자득·인과응보의 이치'라는 이 말의 의미를 알고 실천하고 사는 자가 바로 지혜롭고 현명하게 사는 자다. 그리고 업을 끊는 것에는 반드시 공구(工具)라는 것이 필요한데 이치에 맞는 말이 업을 끊는 공구가 되는 것이다.

　태어나 인생을 산다는 것은 인간이 그 어떤 것보다 잘나고 위대해서 온전해서 존재하는 것이 아니라, 뭔가 자신에게 하자(업, 흔적)가 있어서 존재하는 것이다. 따라서 인간이라는 생명체로 존재하는 것은 각자의 하자를 보수하기 위해 존재하는 것이 전부이므로 나는 여러분에게 그 하자를 고칠 수 있는 공구(이치에 맞는 말)를 모두에게 펼쳐 주고 있다. 문제는 이 공구(工具)를 이생에 제대로 사용하지 못하면 결국 내 집은 부실한 집(흔적)으로 남게 될 것이고, 부실한 자신의 집을 고치기 위해 또다시 나(我)라는 탈(상의 마음)을 쓰고 그에 맞는 연기를 하러 세상에 태어난다. 이것이 윤회(輪廻), 연기(演技)법의 정의(正意)라고 하는 것이다.

　그러므로 삶의 괴로움, 업을 줄여가는 방법으로 남이 하는 그 행동, 흉내, 모습, 말 등 그 어떤 것도 절대로 따라 하지 말아야 한다. 이것은 상대의 업에 따른 그 사람의 업(본성)의 근본 이치가 나와 모든 것이 다르기 때문이다.

우주의 질서와 법

우주에는 우주의 질서라는 것이 있을 뿐이고, 법(法)이라는 것은 존재하지 않는다. 법이라는 것은 인간의 사상으로 만든 것이고 우주에는 '이치'만이 존재할 뿐이다. 법(法, 진리이치)이라는 것은 우리가 사는 지금의 이 현실을 떠나 존재하지 않으므로 이 현실을 떠나 상상으로, 또는 4차원적으로, 그대로 존재하는 우주를 끌어들여 그것을 사상(思想)으로 조각하고 꾸며서 법이라고 말하는 것은 진리이치에 맞지 않는다.

이생에 육신을 가지고 사는 인간이 육신으로 쾌락을 느끼는 것은 잠시 스쳐 가는 것이기에 번갯불과 같은 것에 불과하지만, 법(이치에 맞는 말)이라는 것은 자연 속에 존재하는 생명체인 인간이기에 자연의 이치, 섭리라는 것을 알아야 하고 이것은 영생을 함께 해야 하는 것임을 명심해야 할 것이다. 그 이유는 생명체는 모두 이 진리 속에서 진리이치에 따라 존재하기 때문이다. 세상에서 제일 어리석은 사람은 현실이 아닌 사차원의 말에 꺼둘려 살고, 술에 취하고 이성에 취해 살고 물질에 취해 살지만 현명한 자는 법(이치에 맞는 말)에 취해 살고, 이치에 맞는 행동에 취해 산다. 따라서 이치에 맞지 않는 무수한 사상적인 말에 옳고 그름을 분별하지 못하고 살면 인간은 치우친 그 마음(업에 의한 흔적)이 있으므로 괴로움에서 벗어나지 못한다.

지금 나라고 하는 존재는 전생에 그 이치에 따라 존재하는 것이고 마음공부란 잃어버린(치우친) 내 마음의 중심을 찾아 그것을 수평이 되게 하는 것이다. 그러므로 이것을 중도(中道)라고 하고, 이 결과로 결국 윤회에서 벗어나는 해탈(解脫)이라는 것을 할 뿐이다. 만약 이것을 깨닫지 못하면 무의식의 삶을 살뿐이고, 그 결과에 따라 길고 긴 괴로움의 늪에서 벗어나지 못한다.

이것은 의식이 있는 인간이 옳고 그름을 분별하고 판단을 해야 하므로 자신의 의식에 따라 자신이 선택해야 할 자신만의 몫으로 남는 것으로 그 누구(어떤 대상)도 해줄 수 없다. 오로지 이 이치(理致)만이 존재하는 것이 자연의 섭리이고 진리의 흐름이므로 이것을 나는 '진리이치(법)'라고 말할 뿐이므로 가만히 있는 우주를 사상적으로 끌어들여 말하는 것은 매우 어리석은 행위다.

#32
빛(光)과 색(色)

인간의 마음이라는 것을 색으로 표현하면 무수한 색으로 표현할 수 있다. 태양의 빛을 우리는 단순하게 밝음이라고 말하지만 사실 그 밝음의 빛 속에는 무수한 색(色)이 존재한다. 이것의 조합으로 밝음이라는 빛으로 나타나지만 이 밝음의 빛은 결국 무수한 색의 조합이다. 이 개념으로 인간이라는 것도 각자의 참나의 색으로 존재하므로 표면적으로 인간이라는 모습은 다 같지만 진리적으로는 제각각 업의 이치가 다르므로 단순하게 물질적으로 태양의 밝은 빛이라는 인간이 가지고 있는 참나의 색이라는 개념은 같다 할 것이다.

마찬가지로 우리는 다 같은 인간(태양의 빛)이라고 말하지만, 개개인의 색(참나, 본성)이 다 다르므로 인간이라고 해도 진리적으로는 마음이 다 다르기 때문에 모습은 비슷하지만 다 같은 인간이 아니라는 것을 말하고 있다. 이같이 참나의 이치를 나는 '참나의 색'의 개념으로 말했고, 서로 다른 참나의 색을 가진(마음, 본성) 인간이기에 각각 다른 그 참나에 따라 지구상에 60억 인간의 마음, 모습, 환경이 다 다른 것이다.

보이는 모습이 다 같은 인간의 모습을 하고 있다고 해서 다 같은 인간이며, 다 같은 의식을 하고 있다고 말하는 것은 잘못된 것이다. 이것은 진리이치, 물질이치라는 두 가지의 개념을 정립하지 못했기 때문에 나타나는 현상이며 이 이치가 있어 인간의 본성이 다 다르고 적성(適性)이 다 다르고 타고나는 이치가 다 다른 것이다. 본성(本性)은 이 세상에 태어나면서 만들어지는 것이 아니라 태초 (윤회가 아닌 것)에 어떠한 환경에 태어났는가에 따라 만들어진 것이고 그 흔적에 따라 이생에 나는 그 업연으로 태어난 것이 전부다. 그러므로 종교적으로 말하는 나는 부모가 연애해서 우연히 태어난 것이라는 논리는 진리이치를 모르고 하는 말이다.

만남과 헤어짐

사회적 동물인 인간은 이 세상을 살아가면서 사람과 사람 간의 무수한 만남을 가진다. 일반적으로 인간과 인간이 만날 때는 뭔가에 대한 끌림, 즉 반드시 동기부여라는 것이 있다. 그것에는 좋은 감정이든 좋지 않은 감정이 되었던 서로 맺어지기 위해 마음에서 뭔가 일어나기도 하고(진리이치) 또는 마음이 움직이기 이전에 하나의 현상(물질이치)이 먼저 일어나기도 한다.

이것은 각각의 업에 따라 작용하는 이치는 다 다르므로 어떤 것이 먼저라고 우열을 가리기는 매우 어렵다. 이를테면 버스를 타고 가는데, 상대가 내 발등을 밟았다고 하면, 마음이 먼저 가지 않은 상태에서, 발등을 밟은 상황(물질개념)이 동기부여가 된다 할 것이고, 또 어떤 특정한 사람의 모습을 본 뒤 먼저 상대방이 자신의 마음에 들어올 수 있으므로 이것은 업이 어떤 업인가에 따라 이같이 나타나는 현상은 다 다르다.

내가 말한 '업연의 유통과정'이라는 것은 이같이 비슷한 업이거나, 아니면 그 상대와 풀어야 할 업연이 있다면 서로에게 기본적으로 '좋은 마음, 감정'이 먼저 일어나기도 하고, 물질적으로 먼저 어떠한 동기부여가 되어 나타나기도 해 그것으로 인연이라는 것이 시작되기도 한다. 이같이 나타나는 것은 업의 시작과 끝에 나타나는 하나의 동기부여 현상일 뿐인데 인간은 이것을 계기로 사랑, 행복, 우정 등의 말로 각자의 그 업연을 포장한다. 사랑, 행복, 우정 등으로 포장한 그것이 업의 유통기한에 따라 벗겨지면 이것에 감추어진 제각각의 본성은 반드시 드러나게 되어 있고 그 본성의 업연이 다하면 헤어지거나 죽음에 이르게 되는 것이므로 만남과 헤어짐이라는 것은 반드시 그 이유가 존재하는 것이 진리이치다.

도(道)와 마음의 흔적

많은 사람들이 도(道)를 얻기 위해 갖가지 행위를 한다. 하지만 그 어떠한 행위를 한다고 해서 '도'라는 것을 얻을 수 없다. 따라서 진정한 명상이란 '이치에 맞는 말'이 뭔가를 스스로의 의식으로 정립하고 그것을 마음으로 굳힌 다음 그에 맞는 행동으로 실행하고 그 결과를 각자의 마음 밭에 확고하게 뿌리를 내리게 하는 것이 진정한 명상이다. 따라서 이치에 맞지 않는 말, 행동을 마음에 새겨봐야 남는 것은 또 다른 마음의 흔적(상처)으로 남고 그것은 나에게 괴로움(업)으로 다가온다. 그러므로 운명을 바꾸는 것은 나의 의식이 깨어있지 않으면 불가능한 것이며 사람의 마음과 모습이 다른 것은 이미 형성된 의식이 다르므로 그 이치에 따라 자연(自然) 스럽게 제각각의 모습으로 존재할 뿐이다.

그러므로 진리(眞理)라는 것은 인간의 상(相)의 논리로 인간이 평가할 수 없고, 지식(知識)은 인간의 상(相)으로 인간이 평가할 수 있다. 진리(자연)를 지식으로 논하는 것 자체가 사상(思想)적인 말이 되고, 이것으로 진리이치에 맞지 않는 말(定法)과 사상이 만들어지는 것이다.

무의식(無意識)의 화신(化身) - 1

이 세상에 존재하는 인간은 무의식의 기운작용이 있어 그 화신
으로 이치에 맞게 존재하고, 인간은 나 자신의 참나, 무의식의 기
운을 '나'라고 인식하고 산다. 따라서 나 자신은 무의식의 기운이
형상으로 나타나 있는 것이고, 이 무의식으로 작용하는 기운을 인
간은 '내 마음'이라고 인식하므로 나에게 어떤 무의식의 기운이 작
용하는가에 따라 생명체(인간)는 그 무의식의 행동을 그대로 표현
하게 되어 있다. 그러므로 모든 지구상의 생명체는 무의식의 화신
(化身)으로 그 이치에 맞는 형상으로 존재하고 있을 뿐이며 이 같은
작용을 나는 '자연의 이치, 진리의 이치'라고 말하는 것이다.

그러므로 인간은 죽으면 '나'라고 인식하는 의식(意識)은 사라지
고 무의식의 기운으로만 남는다. 그 무의식의 기운은 진리이치에
따라 그에 맞는 몸(형상)을 받을 뿐이며 이것이 바로 자업자득·인
과응보의 이치라고 하는 것이다. 따라서 지금의 '나(我)'는 참된 나
는 아니므로 '나'라고 고집할 것 하나도 없으며, 내가 지어놓은 어
제까지의 무의식이 형상으로 화(化)한 것이다. 오늘의 나는 내가 만
들어 놓은 전생, 무의식의 기운이 화신(化身)으로 이생에서 형상을

하고 있으며, 그 무의식에 맞는 연기를 하고 있는 것 뿐이다.

따라서 지금 나 자신이 하는 모든 행동은 나의 무의식의 기운을 바탕으로 그에 따른 행동을 하므로 어떤 무의식이 나에게 영향을 주는가에 따라 나의 삶은 달라질 뿐이며, 그 결과에 따라 또 다른 무의식이 만들어지고 그에 맞게 윤회를 하는 것이 전부다. 무의식의 개념은 마치 콩나물시루 속과 같이 하나의 개념이지만, 그 콩나물시루 속에는 세부적으로 무수한 콩이 있는 것과 같다. 세부적으로 보면 콩이 가지고 있는 이치가 서로 다 다르므로 세상에 나타나 있는 무의식의 화신(化身, 생명체)은 그 모습이 제각기 다를 수밖에 없다.

나를 화신(化身)으로 존재하게 한 그 무의식을 그대로 따라 살 것인가? 아니면 깨어 있는 의식으로 나의 오늘을 이치에 맞게 살 것인가는 각자의 몫으로 남아 있을 뿐이다. 이 '나'라는 주관자적인 의식이 깨어 있지 못하면 결국 '나'는 무의식 세상에 존재하는 무수한 다른 화신(化身)으로 살게 되고 '나'의 주관자적인 의식을 잃어버린 다른 무의식의 기운으로 한 인생을 살다 갈 것이다.

무의식(無意識)의 화신(化身) - 2

　모든 사람이 똑같은 밥을 먹고 산다고 해서 모두 이치에 맞고 뚜렷한 참나의 의식이 있는 것은 아니다. 그런데 어리석은 사람은 나라고 인식하는 그것을 참된 나라고 생각하고 살아간다. 따라서 '나'라는 주관자적인 의식이 흐려지면 무의식의 기운(마음)이 나를 지배하고, 결국 나 자신은 또 다른 무의식의 화신(化身)으로 나의 주관을 잃어버리고 빙의 기운으로 의식 없이 살아가고 말 것이다.

　이 이치로 세상에는 그것을 참된 나라고 고집하며 살아가는 사람들 천지지만 사실 그것은 온전한 '나'가 아닌 무의식의 화신(化身, 빙의, 업장)일 수 있으며 이같이 나(我)의 주관을 잃어버리고 무의식의 화신으로만 인간의 탈을 쓰고 존재하는 사람이 이 세상에는 넘쳐나고 있다. 이 순간의 찰나(刹那) 속에는 나의 삼생(三生)의 이치가 다 있으므로 이것을 떠나 그 무엇이 우주 저편에 별도로 존재하는 세상은 따로 없는 것이 진리이치이므로 무의식으로 인생을 사는 사람은 우주 그 무엇에게 나 자신을 의탁해서 살고, 현명한 자는 이 순간 내 자신이 하는 행동이 이치에 맞는 행인가 아닌가를 생각하고 살아가는데 그 결과는 하늘과 땅 차이다.

#37

본성(本性)과 인간

하루를 사는 인생에 있어 내 생각과 마음이 일어나는 것에는 분명한 이유가 있다. 이같이 일어나는 마음을 '나'라는 아집, 아상을 떠나 객관적으로 비추어봄으로써 나 자신의 본성(本性)을 스스로 확인할 수 있다. 또한, 그 차이를 알므로 궁극적인 나 자신의 본질을 알아갈 수 있는 것이고 이같이 함으로써 비로소 나 자신의 근본을 알 수 있는 것이며, 이것이 바로 내 마음을 '돌이켜 비춘다'라는 의미로 회광반조(迴光返照)라고 하는 것이다.

인간은 본성(윤회가 아닌 순수한 의미의 태초를 말함)으로 형성된 내 마음(상)에 따라 잔잔한 호수에 파도가 일어나는 것이다. 이 파도를 잠잠하게 할 수 있는 것은 '나'라는 아집된 아상(我相)의 마음을 비우는 것이다. 이같이 함으로 호수 속 강 바닥에 있는 내 참나(본성)를 스스로 볼 수 있다. 그러므로 이 마음을 잔잔하게 하지 못하면 결국 자신의 본성을 볼 수 없는 것이다. 마음공부를 혼자 할 수 없는 이유는 모든 것을 자기 관념으로 보기 때문에 그렇다. 이 것은 마치 팔은 안으로 굽어지게 되어 있는 것과 같으며 자석의 끌림과 같은 것이므로 이것을 떠나 객관적 사고로 세상을 보고 인생을 이야기한다는 것은 매우 어려운 것이다.

　진리적 개념에서의 상(象)이 있으므로 그 이치에 따라 물질 개념
으로 육신의 '나'라는 것이 이 세상에 존재하는 것이다. 내가 있으
므로 '나'라고 하는 상(相)의 마음이 있다고 해야 이치에 맞는 말이
되고 '나'라는 것이 죽으면 무의식의 참나 기운만 남게 된다. 이것
은 빛과 그림자와 같은 개념으로 따로 분리해서 말할 수 없지만,
따로 분리해야만 모든 말들이 이치에 맞게 정립이 될 것이며 이것
이 바로 철길의 두 갈래의 이치와 같으며, '물질이치'와 '진리이치'의
정의(正意)다. 하지만 세상 사람들은 보이는 물질로 진리의 세계를
대입해서 말하므로 생명체의 본질을 말하지 못하고 있는 것이다.

　사상적인 말과 진리이치에 맞는 말이 뭔가를 반드시 정립해야 한
다. 따라서 현실에서 정석(定石)이라는 것은 인간으로서의 윤리·도
덕에 따른 기본행동을 인간의 도리라고 한다. 하지만 이것은 물질
의 논리이며, 진리적으로 정법(正法)이라는 것은 '이치에 맞는 말이
다'라고 해야 맞는 말이 되고, 이것은 비물질의 개념이 된다. 물질
이치·진리이치라는 이 개념을 스스로 정립하지 못하면서 진리(眞理)
라는 것을 말한다는 것은 언어도단이며 어리석음이다. 이 양극단
을 아는 것이 깨달음이고 이때 비로소 중도(中道)라는 것이 뭔가를
알게 되며 지혜를 얻어 이치에 맞는 말과 행을 할 수 있는 것이다.

38

신(神)과 절대자

　인간은 현실을 살아가는 동물이다. 신(神)이란 이 현실 세계를 떠나 4차원 우주 그 어디에 별도로 존재하는 것이 아니다. 진리이치(理致)를 알고 그 이치를 말하는 자가 신(神)이며, 전지전능하다고 해야 이치에 맞는 말이 된다. 진리적으로 신(神)이라는 것은 자업자득·인과응보의 이치에 따른 개인적인 업의 현상(빙의현상)일 뿐이므로 신이 있다는 것을 느끼는 것은 업에 의한 각자의 관념으로만 느끼는 것이므로 이것이 진리이치(眞理理致)에는 맞지 않다. 그러므로 일반적으로 말하는 신, 귀신이라는 것, 무엇이 있다는 논리는 진리이치를 모르고 하는 말이고, 이것은 자업자득·인과응보의 이치에 따라 나타나는 개인적인 과보의 현상에 불과하므로 별도로 신, 귀신이라는 것이 존재한다는 논리는 이치에 맞지 않는다.

　현실적으로 인간에 대한 불쌍함의 정의(正意)는 진리이치를 깨달은 자의 그늘 아래에 있으면서 인간적인 정(情)을 받지 못하고 자신의 아집된 관념만을 고집하며 "나 잘났소" 하며 독불장군으로 업으로 형성된 자신의 관념대로 인생을 사는 것이고, 진리이치를 깨달은 자의 불쌍함이란 물질·비물질의 양극단을 알고 그 정점에서

스스로 모든 자연(마음)을 품고 앞장서서 가야 하므로 불쌍하다고
해야 맞는 말이 된다.

39

존재의 이유

좋은 옷 한 벌 입혔다고 해서, 이름 있는 학교를 나왔다고, 배부르게 밥 먹인다고 해서 사람으로 잘 키웠다고 말할 수 없다. 그러나 우리는 결국 이름 있는 학교를 나온 것으로만 자식농사 잘 지었다고 야단법석을 떤다. 하지만 진리적으로 이생에 맺어진 모든 인연은 나와 업연의 흔적의 관계일 뿐이다. 화려한 모습으로 몸을 치장하고, 알음알이 지식으로 무엇을 알았다고 해서 사람 구실 잘할 것이라는 그 생각은 하지 말라. 그것은 다 허황된 물거품이며 죽어서 남는 것은 '마음의 흔적'뿐이다. 인간이면 윤리·도덕 양심을 기반으로 이치에 맞는 마음으로 살게 하는 것이 자식농사 잘 짓는 최고의 방법이며 이것이 바로 이 세상에 나라는 인간이 존재해야 하는 궁극적인 이유이다.

보통 사람이 생각하는 자비는 그 어떤 존재나 대상이 나 자신을 위해 무조건 돌봐주는 것을 자비로 안다. 그러나 진정한 자비(慈悲)의 정의는 진리이치를 깨달은 자가 그 이치를 말함으로써 진리를 모르는 자의 의식을 이치에 맞는 말로 스스로 깨어나게 해주는 것이 진정한 자비의 정의(正意)라고 해야 이치에 맞는 말이 된다. 그러므로 견성(見性)은 자신이 타고난 성품을 스스로 보는 것을 말하고, 깨달음이란 이치(理致)를 스스로 아는 것을 말한다. 이 두 가지는 스스로 알 수 없으므로 반드시 이치에 맞는 말(正法), 기준이 되는 말(법)이 세상에 존재해야만 그것을 기준으로 알 수 있는 것이며, 이 같은 것을 말하려면 결국 같은 인간의 모습을 가진 사람으로만 존재해야 가능하다. 따라서 이 현실을 떠나 4차원적인 사상으로 꾸며지고 설정된 말로는 결코 진리이치를 알 수 없고, 이치를 깨달은 자의 말을 인생의 기준을 삼고 살아야 하는 이유가 여기에 있다.

희희락락(喜喜樂樂)과 중도(中道)

어리석은 사람은 자기 관념으로 뭔가가 좋으면 세상 떠나갈 듯이 희희낙락하고, 그러다 또 뭔가가 괴로우면 땅이 갈라지듯이 슬퍼하고 양극단에 치우친 삶을 살지만, 현명한 자는 '기쁠 때나 슬플 때에도 극단의 치우침이 없게 된다.' 나는 말하기를 '기쁠 때에도 그 기쁨의 절반만 기뻐하고, 슬플 때도 그 슬픔의 절반만 슬퍼하라'고 말했는데 이유는 그 기쁜 마음의 반은 다음에 슬퍼해야 할 때 사용하는 도구로 남겨두어야 하기 때문이다. 그러므로 이 같은 양극단의 이치를 알고 그것에 맞게 행(行)하는 것이 중도(中道)의 행이라고 나는 말하는 것이다.

서당개 삼 년이면 풍월을 따라서 읊는다. 그러나 인간은 3년을 키우면 풍월은 고사하고 키워준 그 주인을 물어 버린다는 말이 있다. 이것이 바로 가식된 마음(상)이 없는 짐승과 가식적 마음(상)이라는 것을 가진 인간과의 다른 점이다. 이 세상에서 제일 추하고 더러운 것이 있다면 그것은 바로 인간이 가진 '마음(허상)'이라고 하는 것이고, 그 이유는 이 마음으로 세상사 온갖 것을 다 만들어내기 때문이다.

'마음'은 부처가 되는 불성(佛性)이 있는 것이 아니라, 자업자득·인과응보의 이치에 따라 각자의 업(業)을 바탕으로 본성(本性)이 되고 이 본성을 기반으로 마음(허상)이라는 것이 만들어진다. 인간은 몸이 있으므로 '나'라는 것을 인식하고, 그 마음에 맞는 모습과 환경이 만들어지는 것이다. 눈으로 보이는 똥이 지저분한 것이 아니라, 세상에서 제일 추하고 더러운 것은 인간이 가지고 있는 이 '허상의 마음'이라고 해야 진리이치에 맞는 말이 된다. 따라서 이 세상에서 제일 어리석은 인간은 한평생 생각, 생각만 하다 그 생각의 우물에 빠져 사는 사람이고, 제일 용기 있고 현명한 인간은 이치(理致)에 맞는 말을 '행동'으로 옮겨 실천하고 사는 사람이다.

성공하는 법

　사람은 기본적으로 누구라도 기본 감정이 있다. 이것은 '나(我)'라는 아상(我相)이 클수록 또 업이 어떤 업인가에 따라서 마음(기운)을 가진 인간이 느끼는 감정의 기복(起伏)은 심하다. 반대로 '나'라고 하는 아상이 적을수록 감정의 기복은 줄어들게 되어 있다. 그러므로 마음이 조석으로 변하는 것은 그만큼 자신의 업이 좋지 않음을 의미하거나, 아니면 빙의(윤회에 들지 못한 다른 기운)의 작용일수 있다. 그러므로 인간의 마음이 청정(淸淨)해야 하는 이유가 여기에 있다. 마음을 청정하게 하는 방법은 이치에 맞지 않는 행을 하지 않으면 그 마음에 있는 흔적이 지워지므로 비로소 청정해지고 괴로움은 줄어들게 되어 있다.

　자신이 꿈과 희망을 갖고 있다면 이것은 참나를 숨기는 포장지에 불과하므로 허무한 그 꿈과 희망을 버려라. 오로지 이 순간만을 이치(理致)에 맞게 살라. 그 꿈은 각자의 본성에 따라 형성된 것이 탐진치심으로 나타난 결과이므로 그 꿈이 무너졌을 때 인간적인 비애(悲哀)를 느끼고 좌절하며 괴로움을 느낀다. 그러므로 꿈과 희망, 사랑이라는 말은 주관자적인 내 의식을 잃어버리게 하는 독

약이 되고, 그 독약은 나 자신을 무의식으로 빠져들게 하므로 결국 나를 패가망신하게 만들어 버리게 하여 윤회 속 괴로움의 늪에서 빠져나오지 못하게 만들어 버리기 때문이다. 그러므로 오늘 나에게 뭔가의 괴로움이 있다면 그것은 이미 업에 의한 무의식의 기운이 작용하고 있음을 알아야 할 것이다.

인간으로 태어나 인생(人生)을 잘 사는 법이란 무엇인가? 잘못된 사상(思想)의 관념을 마음에 둔 진리이치에 맞지 않는 영생(永生)에 대한 욕망은 결국 나 자신의 삶을 황무지로 만들고 또한 나로 인해 타인의 삶마저 파괴한다는 것을 명심해야 한다. 나 자신이 어떠한 의식을 하고 있는가는 각자의 인생에 매우 중요한 삶의 요소가 된다 할 것이다. 오늘 내가 어떤 물을 마셨는가에 따라 그것은 나에게 독(毒)이 되기도 하고 약(藥)이 되기도 한다. 이 물을 분별할 수 있는 것은 오로지 나 자신의 의식(意識)에 달려 있고 지금 내가 존재하는 이유는 자신이 마신 그 물의 결과이다.

빵(인간)을 만들 때 그 반죽(나의 마음이 윤리·도덕으로 성숙됨을 의미함)이 성숙하여진 상태에서 빵을 만들어야 비교적 원만하고 온전한 찐빵(인간)을 만들 수 있다. 그러나 나 자신이 성숙해지기도 전에 인간 상(相)의 마음(탐, 진, 치심의 마음)으로 스스로의 마음이 성숙되지 않은 상태에서 반죽(마음)으로 빵(인간)을 만들면 온전한 빵

(인간)을 얻기란 어렵다. 나 자신이 이치에 맞는 마음을 만든 후에야 비로소 그에 맞는 빵을 얻을 수 있는 것이며. 이 결과가 바로 '자업자득·인과응보의 이치'다. 안 되는 것을 되게 하려고 용을 쓰는 억지의 몸짓, 나를 알아봐 달라고 하는 가식적 몸짓, 이치에 맞는 말을 분별하고 그것을 따르며 그로 인해 나 자신의 근본을 알고 나를 한 없이 낮추는 몸짓이 그것이다. 지금 나는 과연 어떠한 몸짓을 하고 있는가?

42

인간과 의식(意識)

인간사회는 무수한 말(언어)들이 있다. 그 많은 말 중에 옳고 그름을 스스로 분별할 수 있다면 올바른 의식이 있다 할 것이다. 이같이 분별하여 정립하지 못하고 막연하게 '맞는 말이다'라는 것을 생각만 하는 사람도 있고, 생각한 다음 그것을 마음에 새기는 사람도 있으며, 생각하고 마음에 새긴 다음 그것을 행동으로 실천하는 사람이 있다. 이 중에 제일 현명한 자는 그것을 생각하고, 마음에 새기며 행동으로 실천하는 사람이 제일 의식이 있고 깨어 있는 사람이라 할 것이다.

인간이라고 해도 의식은 제각각 다르다. 이것을 나는 마음의 차이라고 한다. 사람은 자신의 발등에 불이 떨어지면 뜨거우니 스스로 펄쩍 뛴다. 그러나 문제는 그 발등에 불이 붙었어도 그것이 불인지 뭔지를 모르는 사람들이 있다. 이 말은 똥인지 된장인지 스스로가 맛보기 전에는 모르는 것과 같은 것이고, 현명하고 지혜로운 자는 발등에 불이 떨어지기 전에 그것이 불인지, 똥인지, 된장인지를 알며, 더 나아가 '이치를 아는 자'는 그 불에 대한 본질을 안다는 것이다.

사람들은 윤회라는 말을 입에 달고 산다. 하지만 윤회의 근본적인 이유가 뭔지는 모르고 살아간다. 업이 있어 윤회를 하는 입장에서 업(業)은 나라고 하는 아상(我相)의 크기에 비례하는 것이고, 지혜(知慧)는 마음이 얼마나 청정한가와 관련이 있다. 다시 말하면 윤회를 한다는 것은 '아집된 상이 있음으로 그 상의 크기만큼 윤회를 하는 것이다'라고 해야 진리이치에 맞는 말이다. 아상의 크기를 줄여가므로 마음의 흔적은 그에 맞게 줄어들고 그 흔적이 줄어들수록 자신의 괴로움은 그에 맞게 사라지게 되므로 결국 흔적이 없어지면 궁극적으로 윤회(輪廻)라는 그 굴레에서 벗어날 수 있다.

43

업과 업둥이

생명체가 이 세상에 존재하는 이유는 업(業), 내 마음에 흔적이 있어서이다. 따라서 모든 것이 전부 업이라고 한다면 사실 숨 하나 쉬고 사는 것도 업이다. 하지만 내가 말하는 업이라는 것은 이치에 맞지 않으면 그것은 모두 다 업이 된다 할 것이다. 그러므로 모두 업이라는 말이 아니라, 이치에 맞지 않는 행위의 결과가 업이 되므로 숨쉬는 것 자체는 업이 아니나 어떤 숨을 쉬고 사는가의 마음 자세가 중요하다 할 것이다.

인간의 몸은 하나인데 업이 만들어지는 곳은 마음(진리이치)과 몸(물질이치) 이 두 가지라고 해야 이치에 맞는다. 그러므로 나 자신이 인간(人間)이라는 존재로 태어나 삶을 산다는 것 그 자체가 바로 '업둥이'라는 뜻이며 내가 인간으로 존재한다고 해서, 내가 온전해서, 완벽해서, 잘나서, 대단해서가 아니라는 사실이다. 내가 세상에 존재하는 그 이유는 오로지 내가 존재해야만 하는 업(흔적)을 만들었기 때문에 그 이치에 따라 제각각의 모습으로 존재하는 것뿐이다.

그러므로 업의 발생과 소멸은 이치에 맞지 않는 행위를 했을 때가 악업이 되는 것이고, 이치에 맞는 행위를 하면 그 업은 소멸이 된다. 따라서 내 마음에 흔적이 없어지면 업(業)이 소멸한 것이고 마음에 흔적이 남아 있으면 업이 한참 진행되고 있음을 의미한다. 결국, 우리가 '업을 소멸하자'는 말을 하지만, 업(業) 소멸은 그 어떤 대상에게 울고불고 빈다고 해서 될 문제가 아니라 내 마음에 남아 있는 흔적의 근본적인 원인을 알고 그 흔적을 없애는 것이 업 소멸(괴로움)의 정석이다.

삶을 살면서 내가 그 무엇에게 마음이 끌린다는 것은 새로운 업의 시작을 의미하고, 이것을 인간은 사랑, 우정, 행복의 포장지로 포장을 한다. 내가 그 무엇을 마음에서 아직 지우지 못하고 있다는 것은 그 흔적이 있다 할 것이며, 업연(業緣)이 지속되고 있음을 의미하는 것이다. 업의 발생은 사랑, 행복, 우정으로 다가오고 업의 소멸은 그 끌림이 없을 때 소멸되는 것이다. 그러므로 순리(順理)와 역리(逆理)라는 것은 이치에 맞는 행위가 순리의 행이고, 역리라는 것은 이치에 벗어난 행위가 역리가 되는 것이다.

우물가에는 숭늉이라는 것이 없다. 숭늉은 순리에 따라 곡식으로 밥을 짓는 순리(順理)의 과정을 따라야만 비로소 자신의 입맛에 맞는 숭늉을 얻을 수 있다. 어리석은 사람은 농사를 지을 생각을 하지 않고 우물가에서 숭늉을 찾고, 현명한 자는 밥 지을 방법만 생각하고 그에 맞는 준비를 먼저 하는 사람이다. 지혜로운 자는 땅(마음 밭)을 구하고 씨앗을 모으며 씨앗을 뿌릴 밭을 먼저 일구는 사람이다.

44

법(法)의 종류

법(法)이라는 것은 두 가지다. 하나는 사람들이 인위적으로 만들어 놓은 현행법, 규범을 말하고 다른 하나는 '이치에 맞는 말'을 법이라고 해야 맞는 말이 된다. 그러므로 자비(慈悲)란 이치에 맞는 말로 인간의 의식을 깨어나게 하는 것이며, 마음공부란 이치에 맞는 말을 기준 삼아 내 마음을 그에 맞게 고쳐가는 것이며, 부처란 진리이치에 맞는 말을 하는 자이다. 이치에 맞는 말은 향기가 나고 이치에 벗어난 말은 구린내가 나는 법이다. 좋은 고기는 씹을수록 단맛이 나고, 썩은 고기는 씹기도 전에 구린내만 난다. 신선한 생선은 눈에 빛이 나 살아 있지만, 썩어있는 생선은 눈빛에 맑음이 없다. 마음이 혼탁한 사람이 하는 말에는 입 냄새가 나지만, 마음이 청정한 사람이 하는 말은 그 입에서 향내음이 난다. 따라서 이치에 맞는 그 말을 법향(法香)이라고 하는 것이다.

사람들이 자식을 낳고 그 자식이 자신의 마음에 들지 않고, 속을 썩이면 그 자식을 업둥이라고 표현을 한다. 이것은 매우 어리석은 사람이며, 모든 사람, 생명체는 업이 있으므로 존재하기에 모두가 다 업둥이에 불과하다. 다만, 그 업이 뭔가를 아는 방법을 스스로가 모르는 것뿐이다. 그러므로 모든 생명체는 그 업에 따라 각기 다른 모습, 환경에서 업의 유통기한에 따른 생명을 이어갈 뿐이므로 따라서 인간이 존재하는 이유는 업(業)이 있어 존재하는 것이고 존재하는 생명체는 모두 다 업둥이일 뿐이다.

45

끌림의 원인

사람의 마음에 끌림이 있다면, 그것에 마음이 간다. 마음에 든다면 그것은 분명하게 나 자신이 그것과 풀어야 할 업연(業緣)의 흔적이 있음을 의미한다. 어리석은 사람은 단순하게 그 마음 끌림대로 행동을 하지만, 현명한 자는 그것에 마음이 끌린다 해도 그 원인을 찾고 그것을 취할 것인가, 버릴 것인가를 분별하고 이치에 맞는 행(行)을 하므로 그 업연의 흔적은 지워지게 되고 인과에 따른 업연의 고리는 끊어지게 된다. 이것이 괴로움의 원인이 되는 그 싹을 미리 지우는 것이고 업, 업장을 소멸하는 방법이며 마음에 흔적을 지우는 것이 되며 결국 괴로움에서 벗어나게 되는 것이다.

'나'라는 주관적인 의식이 뚜렷하지 못하면, 감성적이고 인간적인 말에 취해 한세상 허무하게 살 것이고, 의식 없는 사람은 이 같은 달콤한 말에 취해 자신의 의식이 흐려지므로 이때 무의식(빙의, 업장)의 다른 기운이 나의 몸을 빌려 살아가며 이것을 빙의 현상이라고 하는 것이다. 이것은 마치 여인숙(旅人宿)과 같은 것으로 껍데기(몸, 집)는 있지만 아무나 그 집을 사용할 수 있는 것과 같은 것이다. 중생의 마음은 이치에 맞지 않는 감성적인 말에 쉽게 흐려지고, 그 몸은 술(酒)이라는 제삼자의 물질에 취하고, 욕정에 취해 한 세상을 살아간다. 이런 삶을 탐진치의 삶이라 하며, 중생의 삶이라고 하는 것이다.

이 순간의 내 인생은 나 자신이 어제까지(전생) 두어온 한판의 바둑, 장기와 같은 것이다. 스스로가 왜 사는가에 대한 의구심을 품지 않으면. 도중에 어떠한 수를 가르쳐 준다고 해도 그것으로 자기 인생의 이치는 절대로 바뀌지 않는다. 그러므로 인생의 삶에 묘수는 진리적으로 존재하지 않으며, 처음부터 바둑, 장기를 놓는 수를 자신 스스로가 배우지 않으면 설사 묘수를 가르쳐 준다고 해도 자신이 그 수를 이해하기 어렵다. 결국, 마음공부라는 것도 자신이 인생의 수를 깨닫지 못하면 결국 묘수만 찾다가 한세상 허무하게 살다 인생의 종말을 맞이할 것이다.

46

죽은 자와 살아 있는 자

살아 있는 생명체나 죽어 있는 자 모두 참나라는 진리적 기운을 바탕으로 하여 그것을 '내 마음'이라고 인식하고 살아간다. 다만 죽은 사람은 육신이 없으므로 인식하지 못하고 무의식의 기운으로 존재하고, 살아 있는 사람은 이 기운을 '내 마음'이라고 인식하는 차이밖에 없다. 이것은 마치 깜깜한 방 안에 불을 켜면 보이고, 그 불을 끄면 보이지 않는 것과 같다. 그러므로 '나'의 업에 의한 본성의 의식이 어떤 것인가에 따라, 자업자득·인과응보의 이치에 따라 이 무의식의 기운은 얼마든지 나에게 작용할 수 있다. 이같이 진리 이치가 작용하는 것을 사람들이 모르니 인간은 자신에게 뭔가 좋은 일이라고 생각이 되면 그것을 좋은 의미로 신(神)이라고 했고, 복이라는 이름으로 인식한다. 반대로 좋지 않은 것에는 귀신(鬼神), 업장이라고 말하고 있는 것이 이 세상의 현실이다. 따라서 이러한 진리이치를 아는 자를 부처라고 해야 맞는 말이 된다.

사람은 누구라도 입이 있어서 어떠한 말이라도 다 하고, 행동하는 것은 다 할 수 있다. 문제는 그 입으로 하는 말, 몸으로 움직이는 행이 얼마나 '이치'에 맞는 말과 행동인가만이 다를 뿐이다. 따라서 지구상에 모든 인간(人間)의 모습과 말, 행동이 다른 것은 전생에 지은 각자의 업이 제각각 다 다르고 자신의 그 업을 바탕으로 한 그 '마음'이 달라서 이같이 제각각 다 다르게 나타나는 것이다. 그러므로 이 순간 각자가 살고 있는 환경은 자신이 만든 그 마음을 바탕으로 만들어진 것이므로 나의 환경에 대하여 누구를 원망할 것 하나도 없다. 오로지 '자업자득·인과응보의 이치'에 따른 결과이기 때문이다.

인생과 무능력(無能力)

　사람들이 무능력이라는 말을 한다. 진리적으로 무능력이라는 것은 물질의 많고 적음이 무능력이 아니라, 바른 의식으로 나(我)라는 주관자적인 삶을 살지 못하는 것이 진리적으로 무능력이라고 하는 것이다. 그러나 인간 상(相)의 논리에서는 이 물질이 많고 적음으로 무능력을 말한다. 진리적으로는 이치(理致)를 모르고 인생을 의식(意識) 없이 사는 자를 무능력이라고 한다. 이 두 가지 개념의 무능력을 이해하고 양 극단 그 어느 쪽에도 치우침이 없는 마음이 중도의 마음이고 이 마음으로 행동(行動)하는 것을 중도(中道)행 이라고 하는 것이다.

　문명의 이기주의, 물질 이기주의가 결국 인간(생명체)을 무의식에 빠지게 만들고 결국 패가망신하게 만든다. 이것은 자연의 일부인 인간 스스로가 그 자연의 순리(順理)를 따르지 않으므로 결국 그대로의 인과응보(因果應報)를 받으며, 그로 인해 스스로 인간은 자멸하게 되어 있다. 바로 이것을 '진리이치, 자연의 섭리'라고 하는 것이다. 지금의 나 자신은 오로지 자업자득·인과응보의 이치에 따라 그 환경에 맞게 존재하는 것이 전부이며 현재의 나의 환경은 내 스스로가 만든 것이므로 지금의 나 자신의 환경을 그 누구에게 원망할 것 하나도 없다. 그러나 어리석은 인간은 자업자득·인과응보를 말하면서 그 어떤 '대상'에게 울고불고 매달린다. 이것이 바로 인간의 어리석음이자 이중성(二重星)이며 인간의 모순이라고 하는 것이다.

48

자연과 인간

모든 생명체는 자연의 흐름 속 똑같은 자연의 조건 속에 그 영양분을 받고 자라고 있다. 이 같은 말은 누구라도 입이 있으므로 다 할 수 있는 말이다. 이 자연의 이치를 각자의 의식에 따라 얼마만큼 인지하고 사는가에 달려 있는데 인지하고 못하고의 차이가 있을 뿐이다. 인간이 이 세상에 존재하는 이유는 진리 속에 사는 존재이므로 이 진리이치를 알고 지혜를 얻기 위해서이다. 이 작용을 알아가도록 하기 위해 자연은 인간으로의 삶에 기회를 준 것이 전부이다. 그러므로 이 진리이치를 알아야만 내가 왜 존재하는가를 알 수 있고 궁극적으로는 괴로운 윤회에서 벗어나는 삶을 살 수 있는 것이며, 이 이치를 알기 위해 태어나기 괴로운 인간의 삶을 살고 있는 것이므로 인간으로 태어난 지금 이 순간의 삶이 얼마나 소중한 시간이겠는가.

지금 '나'라는 것은 보이지 않지만, 내 마음이라는 진리의 기운, 마음의 형상(形象)을 그대로 나타내 살고 있는 것이다. 그러므로 지금 이생에 내 육신의 모습, 환경과 마음은 전생의 마음의 흔적에 따라 마음이 형상(形象)으로 빚어져 화현(化現)으로 빚어진 것이 전부이니 마음에 흔적을 좁혀가는 것이 이생에 나의 인연으로 내 몸을 만들어가고 있는 세포에게도 내가 할 도리가 아니겠는가.

우리가 성인(聖人)이라는 말을 하지만 진리이치를 아는 자, 자연의 섭리를 아는 자, 생과 사에 걸림이 없는 마음을 가진 자를 진정한 성인(聖人)이라 한다. 이러한 성인 앞에 응어리지고 굳어진 내 마음을 다 풀지 못하고 내 마음에 흔적을 지우지 못한다면 사람의 운명은 답 없는 윤회 속 방랑자의 길에서 벗어나지 못하는 삶을 무의미하게 살 뿐이며 언제 다시 이생처럼 이 법을 만날지 모르는 기약 없는 먼 미래만 존재할 뿐이다.

49

허상의 그림자

사람들이 말하기를 다들 '원인 없는 결과는 없고 이유 없이 일어나는 일은 없다'고 말한다. 하지만 사람들은 내가 왜 존재하는가에 대한 근본을 말하지 못하고 산다. 나 스스로가 존재해야 할 흔적을 내가 만들었으므로 분명하게 그 원인이 있을 것이고, 나라는 존재는 그 흔적에 따라 이 세상에 생명체로 존재하는 것이 전부이다. 그러므로 그 흔적을 알면 스스로가 존재 이유를 아는 것이고, 이것이 바로 '나를 알자' 혹은 '깨달음'이라고 하는 것이다. 오늘 내가 그 어떤 흔적을 마음에 남겼다면 그 흔적으로 내일, 모레, 다음 생에 나는 그 이치대로 존재하게 될 것이다.

인간으로 태어났다면 인간으로서 윤리·도덕, 양심에 비추어 그에 어긋나지 않는 삶을 살아야 하는 것은 기본이고, 그다음 진리 이치를 알고 사는 것이 최상의 삶이 된다 할 것이다. 많은 사람이 효도(孝道)와 불효(不孝)에 대한 말을 하지만, 불효란 부모의 말을 무조건 듣지 않고 따르지 않는 것이라고 말할 수 없다. 진정한 효도란 아무리 부모의 말이라고 해도 이치에 맞는 말을 따르는 것이 의식 있는 자의 진정한 효도라고 할 것이다. 그러나 대부분 사람은 아무런 조건 없이 부모의 말을 무조건 따라 듣고 행하는 것이 효도라고 생각한다.

　그래서 나는 따라야 할 말과 따르지 않아야 할 말을 분별하고 이치에 맞는 것을 행하는 것이 의식 있는 자의 올바른 행(行)이며, 진정한 효도라고 말하는 것이다.
　모든 사람은 누구나 자기의 관념대로 살아간다. 하지만 그 관념은 각자의 업(業)이 있어 형성된 것이기에 그 관념을 이치에 맞게 바꾸지 못하면 결국 흔적은 지워지지 않고, 끝없는 윤회 속 괴로움만이 우리를 기다리고 있을 뿐이니 이 어찌 안타까운 일이 아니겠는가!

50

삶의 의미

사람들은 "나는 우연히 태어난 것이다"라고 말하면서 한편으로는 운명, 전생이라는 말을 한다. 그리고 인생 사는 거 마음먹기에 달렸다고 말하지만 이런 말은 진리이치를 모르고 하는 말이다. 순리(順理)를 따르며, 진리이치를 알고 사는 삶은 그 무엇보다 인생으로써 삶에 의미가 있지만, 문제는 그 이치를 안다는 것이 매우 어렵다 할 것이다. 아상(我相)으로 만들어낸 인간적이고 감성적인 말은 아무런 의미가 없음을 스스로가 아는 것이 '나를 알자'이며, 이로써 지혜가 생기는 것이다.

인간으로 이 세상을 살아가면서 무수하게 만남과 헤어짐이라는 것을 경험한다. 그러나 이같이 만남과 헤어짐이라는 것은 결코 우연히 이루어지는 것이 아니라 전생에 내가 어떠한 업의 흔적을 남겼는가에 따라 이생에 그 이치에 따라 만남도 헤어짐도 있는 것이다. 그래서 내 업의 이치에 맞지 않는 상대와 계속되는 만남을 이어간다면 그 이면에는 아상(我相)의 논리가 깊게 숨어 있고 그것은 마음의 흔적으로 남아 업연의 고리가 또다시 맺어지는 것이다. 따라서 나 자신의 행동 중에 이치에 맞지 않는 말과 행동으로 업이 만들어지고 이치에 맞는 행동을 하므로 업, 괴로움은 줄어들게 되어 있다. 이치에 맞지 않는 것이라면 그 상대와 마음을 주고받고 하지 않는 것이 업연(業緣)의 고리를 끊는 길이며, 마음에 흔적을 남기지 않는 것이다.

인생을 산다는 것은 내 마음에 흔적이 있으므로 만나고 그 흔적이 다하면 헤어지는 것이므로 업이 있어 존재하는 처지에서 100의 선업(善業)이라는 것은 존재하지 않으며, 그 업이 어떤 업인가만 다를 뿐이다. 따라서 이치에 맞는 것인가 아닌가 이것은 스스로 절대로 알 수 없고 내 마음을 법(이치에 맞는 말)에 온전하게 의지하여 자신의 의식이 깨어나게 해 이 이치를 알아가므로 지혜를 얻을 수 있는 것이다. 이 의식이 깨어나면 이치에 맞는 것이 뭔가를 알 수 있으므로 인생을 산다는 것은 결국 의식을 깨어나게 하는 소중한 기회를 얻은 것이기에 의식(意識)을 바르게 깨어나게 하는 것만이 업, 업장을 소멸하고 괴로움을 소멸하고 궁극적으로는 생명체로 태어나지 않는 유일한 길이며 최선의 길이다.

51

의식의 정의(正意)

이 세상에 존재하는 모든 사람들은 다들 '바른 의식'이 있다고 생각한다. 하지만 나의 의식이라는 것은 내가 전생에 지었던 업에 따라 만들어져 있다. 그리고 사람은 누구나 그 의식이 맞다고 생각하고 자신의 업에 따라 정해진 운명을 산다. 하지만 의식은 업이 있어 존재하는 입장이므로 100% 깨어 있는 의식, 이치에 맞는 관념을 가진 의식이라고 할 수는 없다. 그래서 굳어진 그 의식, 운명을 바꾸기 위해서는 '이치(理致)'에 맞는 말로 내 의식과 운명을 바꿀 수 있지만, 문제는 여기에 내가 말하는 것이 맞는 말인가 틀린 말인가를 분별할 수 있는 것 또한 각자의 몫이니 안타까운 시간만이 흐른다. 운명은 존재한다. 그 운명을 바꿀 수 있는 것이 이치에 맞지만, 이것도 나라는 아상의 마음이 없어야만 가능한 것이고, 자연스럽게 사는 것이라 할 것이다. 그러나 이것은 오로지 내 관념이 아닌 나의 바른 의식이 있어야만 분별할 수 있으니 이 '바른 의식'이라는 것이 얼마나 중요한가를 생각해봐야 할 것이다. 나의 의식에 따라 또 다른 내일이 그에 맞게 만들어지는 것이 자연의 섭리다.

인생은 '나'라고 하는 각자의 의식에 따라 마음이 그대로 펼쳐져 있는 환경에 살고 있으므로 지금 각자가 어떤 것에 대하여 뭔가의 문제가 있는데 자기 뜻대로 되지 않는다면, 이 같은 원인은 이미 자신의 주변에 다 표현되어 나타나 있지만 스스로가 그것을 보지 못하는 것뿐이다. 이 이치를 스스로 아는 것이 '나를 알자'의 정의(正意)가 된다 할 것이다. 따라서 이 마음의 작용은 나 자신의 부부관계, 부부와 자식, 직장, 사업 등에서 이미 각자의 본성(마음)은 다 표출되어 있다. 그래서 내가 무엇인가 문제가 있다면 그것은 이미 내가 전생에 지은 그 흔적으로 이생에 그 이치대로 받는 인과응보라 할 것이다. 그래서 생명체로 존재한다는 것은 내 마음에 뭔가의 흔적이 있어 그대로 존재하는 것이므로 인간(생명체)은 그 업(흔적)에 따라 갖가지 모습(化現)으로 존재한다고 해야 이치에 맞는 말이 된다. 따라서 운명은 있다. 그러나 그 운명은 얼마든지 바꿀 수 있다고 해야 이치에 맞는 말이 되고 이생에 인간으로 존재하는 것은 이 이치를 알기 위한 기회를 가진 것이 전부다.

　인생을 사는데 의식이라는 것은 매우 중요하다. 그 이유는 무엇이 옳음인가 그름인가를 분별할 수 있는 도구는 바로 의식(意識)이기 때문이다. 비유하여 말하면 의식 있는 사람이 운전하는 자동차와 의식이 흐려 있는 사람이 운전하는 자동차는 비록 같은 도로(인생길)를 달린다고 하지만, 그 자동차(삶)가 가는 모습은 다르다. 마음공부라는 것도 인생을 산다는 것도 결국 이와 같으므로 다 같은 인간의 모습이라고 하겠지만 그 삶은 각자의 의식에 따라 다 다르다. 문제는 스스로의 의식을 알지 못한다는 것이다. 그래서 반드시 이치에 맞는 말을 기준으로 나의 의식을 깨어나게 해야만 한다. 그러므로 삶과 인생에 있어 '삶이 나라는 인간을 속인 것이 아니라' 내가 지금과 같은 삶의 환경이 되게끔 나 스스로 만들었기 때문에 '삶이 나를 속일지라도 결코 노여워하거나 슬퍼하지 말라. 현재의 나는 자업자득·인과응보의 이치에 따라 그 이치대로 존재하기 때문이다'라고 해야 이치에 맞는 말이 된다.

52

운명과 나

지구상에 존재하는 모든 생명체는 전생에 자신이 지어놓은 업의 순서에 따라 한 치의 오차도 없이 이생에서 삶이 진행되고 있는데 이것을 정해진 운명이라고 하는 것이다. 그러므로 내가 어떠한 마음을 만들었는가에 따라 생명체는 각자의 그림자로 이생에서 이치에 맞는 연기(演技)를 하는 것이 인생살이의 전부이며 이 연기가 끝이 나면(업의 유통기한에 따른 시간) 생명체는 죽거나 헤어지게 된다.

따라서 이같이 정해진 운명이라는 것을 바탕으로 존재하는 내가 나의 마음을 어떠한 마음으로 만들어가는가에 따라 나 자신의 운명을 얼마든지 바꿀 수 있으므로 고정된 운명은 있다. 그러나 바꿀 수 있다는 것이 진리적 입장이고 자연의 이치·섭리다.

인생을 산다는 것은 창과 방패와 같은 것이다. 온 세상은 무수한 창(말, 言)들이 나를 겨누고 있다. 이것이 창이라고 하면 방패는 무엇인가? 그것은 나 자신의 의식이며 이 의식이 어떤 것인가에 따라 그에 맞는 방패가 나에게 만들어지며, 이것이 세상 속 창(말)으로부터 나 자신을 지켜낼 수 있는 유일한 방패(도구)라고 할 것이다.

나에게 괴로움이 있다면 그것은 내가 온전하게 자신의 방패를 만들지 못해서이며 그만큼의 창을 맞고 있으므로 그것에 맞게 괴로움이라는 창은 나의 방패를 뚫고 들어올 것이다. 인간의 어리석음이라는 것이 무엇인가? 길바닥에 무수하게 널려 있는 돌이 있다. 그 돌에 내 발부리가 채여도 내 몸에 그 충격을 느끼지 못하면 어리석은 사람은 그것은 돌이 아니라 생각한다. 그러나 돌이 내 몸에 어떤 충격(괴로움)을 주면 비로소 어리석은 인간은 그것이 무엇인지 쳐다보게 되는 것과 같다. 마음공부라는 것은 이같이 내 몸에 충격을 주기 전에 미리 그것이 돌(괴로움)임을 알아가는 것과 같은 것이다. 이 이치를 알아가는 것이 인생을 잘 사는 것이고, 이 이치를 모르고 사는 삶은 무명의 삶, 무의식의 삶이라 할 것이다.

그러므로 나(我)라는 주관적(主觀的) 의식이 이치에 맞게 깨어 있지 못하면 결국 나라는 존재는 빙의의 부역자로 살아가게 된다. 설령 내가 살아 있어 밥을 먹는다는 의식이 있다고 해도 그것은 바른 의식이 아니다. 내가 말하는 바른 의식이라는 것은 이치에 맞게 사고하는 의식을 말하는 것이고, 의식이 이치에 맞게 깨어 있지 못하면 결국 나는 빙의(무의식의 다른 마음)의 영향을 받고 그 빙의의 부역자에 불과한 인생을 사는 것이다. 비록 몸을 갖고 있지만, 나의 의식에 따라 다른 사람의 마음(빙의)으로 행동하는 부역자가 될 수 있다 할 것이다.

53

일과 인간

보통 사람들이 말한다. "부엌일은 해도 해도 끝이 나지 않는다"라고. 하지만 살아 있는 동안에는 육신이 먹고 살기 위해서 부엌일은 해야 하고 이것은 당연하고 자연스러운 것이다. 만약 주방을 사용하지 않고 그대로 두면 폐가(廢家)가 될 것이다. 마찬가지로 마음공부라는 것도 해도 해도 끝이 없고, 또 다른 인생을 산다 해도 끊임없이 마음을 쓸고 닦지 못한다면 내 몸과 마음은 사용하지 않는 주방과 같이 폐가(廢家)가 되어 버릴 것이다. 내가 폐가에 산다 해도 결국 같은 인간으로 살 수는 있지만 폐가와 같이 썩어 있는 몸과 마음만 갖고 살게 될 것이다.

내 몸이 썩어 있으면 빙의(憑依)가 작용하여 병(病)을 앓게 되고 이것을 신병(神病)이라고 하는 것이다. 사람은 죽으면 진리적 기운인 마음만 남는데 이것은 의식이 없는 무의식(無意識)이라고 한다. 그러므로 죽어서 무의식의 세계 그 자체에서는 육신이 없으므로 그 무엇도 할 수 없다. 이것은 진리란 비물질의 세계이므로 스스로는 사물에 대하여 인식하는 기능(의식)이 없기 때문이다. 그러나 문제는 이 무의식의 기운이 인간에게 작용하면 의식으로 바뀌게 되는데, 이것을 보통은 '나'라고 인식한다. 하지만 어떤 무의식이 작용하는가에 따라 그것은 무의식의 빙의(憑依)가 작용하게 되고, 이것은 신병(神病) 등으로 나타나게 된다.

무의식의 기운(빙의)은 살아 있는 생명체에게 마음(기운)으로 영향을 주는 것이고 이 무의식의 마음 작용으로 인간에게 어떤 식으로든 영향을 주고 있으며 그에 따라서 나타나는 현상 또한 제각각 다르며, 이것은 나의 몸에 영향을 주기도 하고(물질이치) 마음에 영향(비물질이치)을 주고 있으므로 현대 의학으로 결코 치료될 수 없는 것이다. 그래서 흔히 이것을 빙의(憑依)가 영향을 주어 나타나는 병(病)의 의미로 '신병'이라고 하지만 이것은 어떠한 물질로도 해결할 수 없다.

이같이 작용하는 마음이라는 진리기운 작용을 모르니 보이는 물질을 대입하여 진리를 말하는 사람도 있다. 하지만 마음의 본질을 모르면 나라는 존재가 왜 존재하는가를 알지 못하므로 부적이나 종교적인 모든 의식으로 진리를 대입하여 하는 행위로 빙의의 기운(죽어 있는 사람의 마음)을 다스릴 수는 없다. 그러므로 생명체의 본질인 마음이라는 기운을 이치에 맞게 고쳐야만 비로소 인간에게 나타나는 갖가지 현상에 대하여 치료할 수 있는 것이며 이것은 마음에 상(相)이 없는 진리이치를 아는 자, 아상이 없는 순수한 마음을 가진 사람만이 가능한 것이다.

54

죽음과 인간

인간이라고 하는 생명체가 인생을 살다가 죽는 이치는 다 다르다. 그러나 왜 제각각 다 다른가는 사람들이 말하지 못하고 있다. 이것은 진리이치를 깨닫지 못해서 그렇다. 무수한 사람들은 말한다. '인간(생명체)은 언제인가는 다 죽게 되어 있고 이것은 피해갈 수 없는 것이다'라고. 이런 말은 누구라도 입이 있으므로 말 할 수는 있다. 하지만 이생에 무수하게 죽어가는 그 모습은 제각각 다 다른데 문제는 이것에 대한 본질은 말하지 못하고 있다는 것이다.

이것은 자연의 이치를 모르기 때문에 그렇고, 진리를 깨닫지 못했음을 의미하는 것이다. 자연의 이치(진리이치)를 알면 생명체의 본질을 알 수 있으므로 왜 죽어가는 모습과 죽음의 때가 제각각 다 다른가는 쉽게 알 수 있다. 이것은 전생에 자신의 죽음, 그 이치와 같기 때문에 이생에도 각자의 죽음은 그 본질에서 벗어나지 않고 똑같이 죽음이 이루어지므로 각자의 업에 따라 생명체가 죽어가는 이치는 이같이 다 다르게 나타난다. 이것은 생명체의 참나(진리의 기운)를 알면 쉽게 알 수 있는 것이다.

이 같은 이치를 모르면서 인간적 감성을 자극하는 말, 사상적인 말, 추상적인 사차원의 말을 할 수밖에는 없을 것이고, 이치에 맞지 않는 말을 무수하게 해봐야 의미 없다. 나 자신의 마음, 존재 이유에 대한 그 본질이 뭔가도 모르면서 법이라는 것을 말한다 하고 남의 인생을 좌지우지하는 것은 상당한 모순이라 할 것이다. 따라서 생명체의 본질인 마음이라는 것이 무엇인지를 모르면 진리를 입으로 말할 수 없고 말해서도 안 되는 것이다. 그것은 진리에게 짓는 업이 되기 때문이다.

보통 사람들도 인간의 겉모습으로 상대와 내가 다르다는 것은 대부분 안다. 이것은 물질 개념으로 보이기 때문이다. 하지만 상대와 내가 어떤 차이(差異)가 있는가의 그 본질은 알지 못한다. 그 이유는 나라는 상의 마음으로 살기 때문에 각자의 기준으로 보기 때문이다. 따라서 진리이치를 모르면 온 세상 사람들은 이같이 보이는 것, 자신의 관념으로만 보고 말할 수밖에는 없다. 그래서 나는 진리이치, 물질이치 이 두 가지 이치를 모르면 '다름'과 '차이'의 본질을 이해하지 못하며 이치에 맞는 말(법)을 할 수 없다고 말한 것이다. 따라서 이 세상 무수한 말과 내가 말하는 것에 대한 그 차이를 안다면 여러분은 상당하게 의식이 깨어 있다 할 것이고 이 의식으로 여러분의 운명은 얼마든지 바꿀 수 있는 것이다.

삶과 인간

　인간의 삶은 '신뢰와 배신'의 두 가지의 선택을 하고 살아간다. 하나는 인간적인 마음으로의 믿음이며, 그 믿음의 신뢰가 깨지면 그 결과로 인해 나타나는 것이 인간적인 배신감이다. 다른 하나는 이치에 맞는 말에 대한 신뢰이며 이것을 분별하는 것은 오로지 자신의 의식에 달려 있다. 이치에 맞는 말은 인간에게 배신감이 들게 하는 일은 결코 없지만, 감성적인 말은 언제인가는 나에게 배신감으로 다가오게 될 것이다.

　그러므로 각자의 관념으로 만들어진 '나'라는 의식으로 어떠한 선택을 하는가는 각자의 몫일 수밖에는 없다 할 것이므로 이 개념으로 오늘을 사는 나는 결국 나의 의식이 그대로 나타나 있다 할 것이다. 이런 진리이치를 모르므로 막연하게 신(神)과 능력자를 찾아 나 자신을 의탁해버리고 사는 것이 무의식의 삶이라 할 것이다. 따라서 신과 능력자라는 말은 진리이치를 알면 생명체의 본질을 다 알 수 있으므로 진리적으로 이치(理致)를 아는 자가 신(神)이며 전지전능하다고 해야 맞고, 이치에서 벗어난 말과 행동을 하면서 '그 무엇'이 존재한다고 말하는 것은 모순이다.

그러나 우리는 어리석게 눈에 보이지 않으면서 인간에게 화복(禍福)을 내려 준다고 하는 정령(精靈) 등 그 무엇이 있다고 하고, 또 자유자재로 변화하는 초인적인 힘을 가지고 사리에 통달한 능력을 갖춘 영적(靈的) 존재, 또는 그런 사람이 있다고 믿지만 그런 존재는 우주 천지 그 어디에도 없다. 따라서 신(神)이란 현실을 떠나 별도로 존재하는 것이 아니라 현실적으로 진리이치(眞理理致)를 알고 그 이치를 말하는 자가 신(神)이며 진리적으로 전지전능하다고 해야 이치(理致)에 맞는 말이 되는 것이다.

주어진 하루를 어떠한 마음으로 생각하고 이해(理解)하는가는 매우 중요하다. 따라서 생각만 하고 하루를 보내는 것은 자신의 마음과 시야를 좁게 한다. 바르게 이해를 하는 것은 자신의 마음과 시야를 넓혀가게 한다. 생각은 자신을 어리석음과 무명에 빠져들게 하고 이해는 자신을 슬기롭고 지혜롭게 만든다. 생각만으로 올바른 행동을 할 수는 없다. 이해를 하면 올바른 행동을 할 수 있는 혜안(지혜)이 열린다. 생각은 물질적 개념(물질이치)이고 이해는 진리적 개념(진리이치)이다. 생각은 인간을 무의식에 빠지게 하여 의식을 흐리게 한다. 그러나 이해는 인간의 의식을 깨어나게 하여 의식을 맑게 한다. 생각은 나(我)라는 아상(我相)을 세우는 말이고 이해는 나(我)라는 아상(我相)을 없애가는 말이다.

생각은 계산(셈법)에 빠지게 하고 이해는 지혜(智慧)를 얻게 만든다. 생각은 또 다른 생각을 만들어 가기 때문에 끝이 없고, 이것은 마치 모래성을 쌓는 것과 같다 할 것이다. 결국, 그 생각이 무너지면 인생살이에 대한 허무함과 좌절감을 느끼게 한다. 그러므로 깨달음(지혜)이란, 이치에 맞는 것을 알아가고 그것을 실천하므로 얻어지는 것이기 때문에 내 마음에 흔적을 남기지 마라. 그것은 업(괴로움)이 되기 때문이다. 따라서 진리이치의 순리(順理)에 순응하고 진리이치(理致)에 맞는 삶을 살라.

자연은 말이 없지만 말이 없는 자연 속에는 생명체 본질에 대한 답이 다 있다. 그 자연의 흐름을 알아야만 비로소 법(이치에 맞는 말)이라는 것을 말할 수 있는 것이다. 신(神)이란 우주 그 어디에 별도로 존재하는 것이 아니라, 인간의 무리 속에서 이치(理致)를 아는 자가 '진리이치에 맞는 말'을 하는 것이 신(神)이며, 전지전능하다고 해야 맞는 말이 되는 것이다. 따라서 견성(見性)을 한다는 것은 이치에 맞는 말을 기준으로 하여 자신의 성품(性品)을 스스로 보는 것이고, 깨달음이라는 것은 진리이치(理致)를 아는 것이다.

나 자신의 전생을 알려고 하지 마라. 오늘 이 순간이 바로 전생에 살았던 그 이치 그대로 현실에 나타나 있기 때문이다. 그것을 스스로가 알지 못하는 것뿐이다. 나의 존재 이유를 스스로 알면 전생뿐 아니라, 생명체의 본질을 알 수 있고, 이것을 바로 '깨달음' 이라고 하는 것이다.

도(道) 닦는 방법과 도통하는 방법

이 세상을 살아가는 인간의 삶은 그 자체가 도(道)를 닦고 사는 것이다. 그러므로 각자의 삶을 떠나 별도로 도를 닦는다고 말하는 것은 그 자체로 모순이다. 다만 각자가 닦는 도(道)는 각자의 업으로 형성된 도(길)이므로 이치에 맞는 길을 찾아가는 것이 진정한 도를 닦는 것이고 이 현실을 벗어나 도라는 것은 결코 얻을 수 없기 때문에 지금 나의 삶을 벗어나 그 무엇을 추구하며 사는 것은 모순이다.

어리석은 사람은 현실을 떠나 도(길)라는 것이 별도로 존재하는 것으로 안다. 그러나 그것은 도가 무엇인지를 바르게 알지 못하고 말하는 것이고, 각자의 길(道-도)이라는 것은 이미 전생에 스스로가 만들어 놓은 길대로 이생에 그 길을 가는 것이므로 인간은 이 순간에도 각자의 도를 닦고 있는 것이다. 따라서 각자가 어떠한 도(道-도)를 닦는가에 내일모레의 이치가 그것에 맞게 변하고, 미래의 길이 만들어지는 것이다. 어리석은 사람과 현명한 사람의 차이는 각자가 가는 길(道-도)이 이치에 맞는가 아닌가를 분별하고 가는가, 분별하지 못하고 가는가의 차이에 있다. 그래서 어리석은 사람은 자신이 가는 길이 바르다고 생각하며 나라는 아상을 세우고 똥고집 부리며 마음 내키는 대로 사는 사람이고, 현명한 자는 자신이 가는 길을 객관적으로 보고 가야 할 길인가 가지 않아야 할 길인가를 분별하고 자신의 길을 가는 자라고 해야 이치에 맞는 말이 된다.

이 세상에 태어나면서부터 인간은 각자의 도(道-길)를 가지고 태어난다. 다만 그 길(도)이 어떤 길인가를 보통 사람은 모르고 가는 것이고, 이치를 아는 자, 지혜가 있는 자는 그 도(道-길)가 뭔가를 스스로 알고 간다. 그러므로 보통 사람은 길은 길이되 길이 아닌 길을 감으로써 괴로움의 늪, 윤회에서 벗어나지 못하고 윤회를 하는 것이다. 인간 삶 속의 목적은 무엇이 바른가를 알기 위해 이 세상에 존재하는 것이 전부이며, 이 길을 스스로가 아는 것을 깨달음이라고 하는 것이다.

인생을 사는 것은 스스로 만든 길(도)을 가는 것이다. 그리고 이생에서 그 길의 끝에 다다르면 인간은 죽음을 맞이한다. 따라서 어리석은 사람은 각자의 길이 영원할 것으로 생각하며 사는 자이고 현명한 자는 길의 끝에 다다르면 다시 바뀌는 길(도)이 있다는 것을 알고 새로운 길, 편한 길을 자신의 의식으로 찾아서 가는 사람이다. 그러한 사람이 진정한 도인이다.

도를 멀리서 찾지 마라. 이 순간을 사는 인간은 자업자득·인과응보의 이치에 따른 그 도를 닦고 있는 것이다. 그리고 인과응보의 이치가 이생에서 다하면 또 다른 도(道)의 삶을 살기 위해 길을 떠나는 것이다. 그러므로 이생에 어떤 길(도)을 만들어 가는가에 따라 미래에 나 자신의 도를 닦게 될 것이다. 이것이 바로 운명은 존재하지만, 그 운명을 바꿀 수 있는 유일한 방법이다.

도통하는 방법은 스스로 이치에 맞는 길을 찾아갈 수 있을 때 도(道)를 얻었다, 도통을 했다고 해야 이치에 맞는 말이 된다. 그러므로 현실을 떠나 도통한다는 것은 있을 수 없는 말이며 도를 얻은 사람은 오늘 내일 자신이 가는 길을 스스로 아는 자이다. 인간은 각자의 도(길)를 닦으며 오늘을 산다. 문제는 그 길(도)이라는 것이 무엇인지를 스스로 모르며 각자의 마음에서 일어난 그 길(도)을 옳다고 생각하고 산다는 것이다. 그러나 업(業)이 있어 존재하는 인간이기에 자신이 생각하고 가고자 하는 그 길은 결국 자신의 업의 굴레에서 벗어나지 못하는 길에 불과하다. 이치에 맞는 말로 그 길을 찾아 사는 것이 올바른 의식이고, 인간으로서 이생에서 해야 할 각자의 몫이다.

어리석은 사람은 도(道)라는 것이 나를 떠나 먼 곳에 있는 줄 알고 현명한 자는 도라는 것이 나의 언행에 있음을 알고 산다. 따라서 각자의 인생은 각자만의 도(道)를 닦고 있는 것이기 때문에 도인 (道人)이라고 해서 특별한 존재는 아님을 알아야 하고 진리적으로 나 자신이 나만의 도를 닦는 것이므로 나 자신이 도인이 된다 할 것이다.

그러므로 나 자신을 떠나 도를 구하는 자는 어리석은 자이다. 인생을 사는 것은 각자의 길(도)을 닦는 것이다. '나를 알자'의 정의는 내가 가는 길이 어떤 길인가를 아는 것이고, 깨달음이란 나의 길을 스스로가 아는 것이라고 해야 이치에 맞는 말이 된다. 그러나 어리석은 사람은 자신의 행동이 이치에 맞는가 맞지 않는가를 보지 못하기 때문에 이것을 무명, 어리석음이라고 하는 것이다. 도(道)는 나를 떠나 우주에 있는 것이 아니라, 내 삶이 바로 도를 닦는 삶이 되어야 하는 것이다. 나 자신의 길(도)을 보지 못하면서 남의 도(행)를 보고 뭐라고 하는 것은 자신이 어리석다는 것을 스스로 자인하는 것이다.

영원과 운명

우리가 인지하는 그 마음의 본질에는 나 자신의 '참나'의 이치가 있고, 이 참나라는 것은 영구한 것이고 자연이 존재하는 한 이 참나라는 진리적 기운은 영원하다. 그래서 나에게 영향을 준 나의 근본인 참나가 나에게 영향을 주지 않기 시작할 때를 죽음의 길로 들어섰다고 해야 맞고, 우리는 단순하게 '죽었다'는 말을 하지만 이 이치에 대한 말은 이 세상 사람 그 누구도 말하지 못하고 있다. 지금 내가 말하는 이 말이 전무후무한 일이 될 것이다. 따라서 내 참나가 나에게 영향을 주지 않는 개념으로 "내 참나가 떠났다"라고 나는 말한 것이고, 이때를 죽음의 길로 들어섰다는 것의 정의가 되며, 이 이치를 알면 죽음의 이치는 매우 쉽게 알 수 있다.

그런데 이같이 나의 근본인 '내 참나가 떠났다'고 하면 바로 죽는 경우가 있고, 참나가 떠났어도 육신의 기운, 빙의의 기운 순서로 서서히 순차적으로 진행되는 것도 있다. 따라서 참나가 떠났다고 하면 이때는 내가 살아 있지만 내 참나는 죽음의 흐름에 따라 내 참나가 나를 떠난 것(여기서 떠난 것이라고 하면 나에게 영향을 주지 않는 경우를 말하는 것이고 실제는 오고 가고 떠나는 것을 물질 개념으로 이해하면 안 됨)이므로 이 경우 내 참나는 나에게 영향을 주는 것이 아니라 다른 사람의 마음에 영향을 주게 되므로 '살아 있는 사람의 참나는 다른 사람에게 영향을 주지 않는다'라는 것은 기본적으로 맞다. 하지만 문제는 그 사람이 죽음의 수순에 들어가면 참나-육신의 마음-빙의의 마음이 순서대로 나에게 영향을 주지 않는다고 했으므로 내 참나가 다른 사람에게 영향을 주는 경우는 내가 죽음의 수순을 진행하고 있을 때 나의 참나는 나에게 영향을 주지 않고 다른 사람에게 영향을 줄 수 있고, 반대로 죽음의 순서에 들어 있지 않은 사람의 참나는 다른 사람에게 영향을 주지 않는다.

따라서 누군가에게 참나가 떠났다는 것은 이미 그 사람은 죽음의 수순을 진행하고 있다고 해야 맞는 말이 된다. 이같이 떠난(나에게 영향을 주지 않는 나의 참나를 말함) 나의 참나는 누구에게라도 영향을 줄 수 있는데 이때 다른 사람의 마음에 영향을 주는 경우는 반드시 업연의 고리가 있는 사람을 선택할 수도 있고, 또는 진리 이치에 따라 무작위로 영향을 줄 수 있으므로 단편적으로는 말할수 없다. 그 이유는 제각각 업의 이치가 다르기 때문이다. 다시 말하면 죽음의 길로 들어서는 순서는 나에게 영향을 주었던 내 참나가 나에게 영향을 주지 않는데, 이때의 내 참나라는 기운은 중음(中陰)에 머물러 있거나, 혹은 다른 사람에게 영향을 주게 되고, 내 참나가 정상적으로 나에게 영향을 주는 상황에서는 다른 사람에게 영향을 주지 않는다.

 따라서 인간이 현실적으로 살아 있다고 하면 참나의 이치에 따라 죽음을 미리 알 수 있는데, 보통 사람들은 이 이치를 모르고 막연하게 '죽음에는 순서가 없다'는 말을 하는데 내가 말한 것과 같이 실제 인간이 어떻게 죽는가를 모르고 이같이 '죽음에는 순서가 없다'는 말을 하는 것이므로 직접 이 이치를 알고 말하는 것과 모르고 말을 하는 것은 엄청난 차이가 있다. 따라서 나는 우연히 태어난 것이 아니라, 태어나야 할 이유가 반드시 있으므로 태어난 것이고, 태어나는 이치를 알면 그가 왜 존재해야 하는가의 본질을 알게 되고, 이 본질을 알면 당연히 죽는 것의 이치를 다 알 수 있다. 이 부분도 내가 처음으로 하는 말인데 참으로 안타까운 것은 어리석게도 '태어날 때는 순서가 있지만 죽을 때는 순서가 없다'는 말을 무수하게 하는데 이것은 생명체의 본질을 알지 못했으므로 하는 말이라 할 것이다.

 그래서 운명, 영원이라는 것이 있는지조차도 모르고 어리석게 한 번 왔다 가는 인생을 즐기며 자신이 천만년 살 것처럼 생각하고 살지만 대단한 착각이다. 오늘, 혹은 내일 죽어야 하는 사람이 보험을 들고, 도래되지 않는 것에 계획을 세우고 그 꿈이 이루어지기 바라는 삶이 과연 이치에 맞는 삶인가. 내가 말하는 것은 미래를 생각할 수는 있지만 사차원 사상에 빠져 판타지소설에서나 나오는 그런 말을 마음에 담고 사는 사람이 무수한데, 그런 마음이 나를 점진적으로 무의식에 빠지게 하고 무의식에 빠지면 현실을 사는 나 자신의 의식은 흐려지게 되어 있다.

따라서 나는 오늘 하루를 어떻게 살아야 하는가를 말하는 것이므로 이 말이 무슨 말인가를 정립해야 할 것이고, 운명, 영원 속에 진행되는 나 자신이 오늘 하루를 충실하게 살지 못하면 그 흔적으로 내일 나에게 괴로움이 찾아오는 것이다. 현실을 떠나 마음에 흔적을 잔뜩 남겨두고 내일모레 나 자신이 편해지기를 바라는 것은 대단한 모순이 아닌가. 그러니 다들 현실에서 이치에 맞는 삶을 살려고 하는 것이 아니라 사상적으로 설정된 사차원적인 신화 같은 대상이나 존재가 나를 자동으로 내 마음에 드는 삶을 만들어주는 것으로 생각하는 것은 내 의식에 문제가 있다 할 것이다. 따라서 나의 마음이라는 것은 보이지 않는 비물질이지만 분명 그 마음은 나 자신의 현실에 다 펼쳐져 있으므로 내 마음을 이치에 맞게 고쳐가면 나의 운명은 얼마든지 바꾸어 갈 수 있다.

책을 마치며…

이 책을 마무리하면서 아쉬웠던 부분은, 보이지 않는 자연의 섭리, 생명체의 본질 등에 대한 말을 직설적으로 단호하게 말해야 하는데, 사회적으로 문제가 될 수 있어서 내용 중에 직설적으로 다 말하지 못한 것입니다. 아쉬움은 남지만, 훗날 기회가 되면 더 심층적으로 깊게 말할 수 있을 것입니다. 따라서 이 책의 내용에 있는 많은 말들은 일반론적인 기존 사상을 말하는 것이 아니므로 다소 생소할 수 있을 것이나, 고정관념에 길들어 있는 여러분 마음에 신선한 충격을 줄 수 있는 내용이라 생각합니다. 책의 내용을 객관적으로 보면 내가 하는 말에 의미를 이해할 것이라 생각하며 여러분의 인생 여정에 충실한 이정표가 되었으면 좋겠습니다.

초판 1쇄 인쇄 2018년 06월 14일
초판 1쇄 발행 2018년 06월 19일
지은이 천산야(天山野)

펴낸이 김양수
편집·디자인 이정은
교정교열 박순옥

펴낸곳 도서출판 맑은샘
출판등록 제2012-000035
주소 경기도 고양시 일산서구 중앙로 1456(주엽동) 서현프라자 604호
전화 031) 906-5006
팩스 031) 906-5079
홈페이지 www.booksam.kr
블로그 http://blog.naver.com/okbook1234
카카오플러스친구 http://pf.kakao.com/_xoxkxlxjC
이메일 okbook1234@naver.com

ISBN 979-11-5778-291-8 (04800)
ISBN 979-11-5778-289-5 (세트)